まぼろしハワイ

よしもとばなな

幻冬舎

まぼろしハワイ

もくじ

イラストレーション　原マスミ
ブックデザイン　鈴木成一デザイン室

まぼろしハワイ

「ハワイ行きたい、どうしようもなく行きたいよ、ねえ、いっしょに行かない？」

あざみさんが突然そう言った。

私の部屋のリビングに敷いたござの上で彼女はそのすんなりと伸びた黒い足を投げ出していた。イリマの花の柄のTシャツを着て、短く切ったデニムをはいて、ピンク色の足の爪を真珠みたいにきらきら輝かせていた。ウェストはまだまだ細く、お尻はきゅうとあがっている。長い髪が床に広がっている。

「秋だもんね。」

私はあまり意味のない返事をした。

いや、意味はあったのだ。そこにはたくさんの意味がこもっていた。

あんまりにもたくさんすぎて、そういう一言でしか言えなかった。

いろんなことが終わってしまって、今は静かな時期だけれど、なにか足りなくていつでも涙がこぼれてきそうだった。

それだけで気持ちは通じた。あざみさんは言った。

「今年の夏は短かった。もう一回、夏を見に行こうよ。そういう意味だよね？」

彼女がそう言ったとき、空気がちょっと動いた気がした。ほんのわずかになにかが切り替わる。未来の光がきらっと見える。

けだるい日曜日の午後、少し開いた窓からひんやりとした風がそよそよ入ってきていた。世界中が少しだけ黄色になって、空気が透明になっている。光線が目に見えるほどはっきりとしている。いつのまにか秋の気配がせまってきていた。夏をばたばたと過ごしているうちに、季節が勝手に変わってしまった。

私たちは夏の夢の中にまだ取り残されていた。

「でもさ、自分のパパが死んだ三ヶ月後にはもうハワイに遊びに行きたい、なんて私どこかおかしいのかな。」

私は言った。

「なんか、悲しいけどよくわかってないみたいなの。ぽかんとしちゃって。急だったから。」

「今だからこそ、行きたいんじゃないかな。私は東京にいるのが淋しいの。だってどこに行ってもパパとの思い出ばっかりだもん。」

あざみさんはにこっと笑った。

「だからこうしてオハナちゃんの部屋にいりびたっているのよ。だって家にいたら淋しくてたまらないんだもの。今行く場所がないんだもの。自分の頭の中からも逃げ出したいくらい。淋しくて淋しくてしかたないよ。こんなこと言ってるときはまだいいの。ひとりになって、お風呂に入って『今日は大丈夫かな』と思って、そのあとパパのタオルとか見てしまうと、もう涙の嵐が襲ってくるの。あたりまえなんだけど、すごく苦しいね。今日はいつそれが襲ってくるかと思うと、たまにこわくなるの。そういうのよくないよね。先のことを想像して苦しいのなんて、だめだよね。」

「じゃあ、行こう。」

私は言った。

「でもあざみさん、ハワイにいっしょに行く友達がたくさんいるでしょう。」

「とても今友達と過ごす元気がないよ。」

あざみさんは言った。

「でもいろいろ思い出してしまうかな。泣くかな、泣いたらごめんね。」

「私も、きっと泣くから。」

私は言った。

「いっしょに泣こう。それしかないよ。もうお互いの泣き顔を見飽きたんだけど。」

「ほんとだね。」

あざみさんは言った。

「生活の中で泣き合ってるのって、ほとんどセックスしてるのと変わんないよね。」

「終わったらけろりとごはん食べたりするところもね。」

私は鼻をすすりながら、少しだけさっぱりしてそう言った。

私たちはずっと宙ぶらりんで、パパが帰ってくるのを待っていた。悲嘆の波にもまれて、何回も底の底までたどりついて、はいあがってはまた打ちのめされた。それでも、なにをしてもパパには会えないのだ。

待ってても帰ってこないから、ここから離れて気分を変えるしかなかった。

そんなことをしても、帰ってきてからまた打ちのめされるのはわかっていたけれど。

私がまだ幼かった頃、私がママとパパと最後に旅行に行ったのも、ハワイのオアフ島だった。

ママの調子が悪くてそれは最低の旅行だったけれど、今となっては、最低でもいいから、もう一度味わいたいと思う。

苦い薬をなめるみたいに何度でも何度でも、細かい思い出のすみずみまで。ママの匂いも首のしわも日焼け止めで白い顔もみんなもう一度見たい。部屋のすみっこで夜明けにさめざめと泣いていたママ。それを半分眠りながら見ていた私は、なんともいえないもの悲しい気持ちになったことをよく覚えている。この世が終わるような、悪い夢の中に閉じ込められているような気持ちだった。どうしてあのとき幼い私は起きだしていってママの背中をなでてあげられなかったのだろう。どうして逃げるように目をつぶってまた眠りに入ってしまったのだろう。朝になったらママは疲れ果てたミイラみたいになって寝ていた。そして午後まで起きなかったので、パパは少しでもママを寝かせてあげようと気を遣って私と遊んでくれた。プールに行っても、レストランでおいしいパフェを食べても、ふたりとも気持ちは晴れなかった。

部屋に戻るとママはまだ寝ていた。寝ながら苦しい夢を見ているようで眉間《みけん》にぎゅっとしわがよっていた。

　でも、そんな寝顔でもいいからもう一回見たいと思う。

　この世には見たいけれど見られないものがたくさんあって、気持ちはつのるばかりだ。それが秋のきざしがはじまるときの力かもしれない。秋から逃げ出したい。追いつかれないように。

　たとえ悲しいことがなかったとしても、秋はいつでも涙が目のふちまで来ているような感じがする。透明な光、明かりのついた白い部屋、黄色い葉。みんな懐かしくて泣きたくなる。

「どのくらい行く？　一週間？　もっと？」

　あざみさんは言った。

「オハナちゃんも向こうで卒論書けばいいじゃない。」

「あんなところで落ち着いて勉強する気持ちになれたらね。一週間でもいいよ。」

　私は笑った。

「でもこういうのは思いたったときにしないとだめだから。お店がどのくらい休めるかすぐに聞いてみるね。みんな優しいから多分休ませてくれると思う。」

あざみさんは目をきらきらさせて言った。

そんなやりとりをしてもなお、私の中には出かけたい気持ちと、ただうずくまって日々をやり過ごしたい気持ちとの両方があった。

こんなに近くにいても、私はあざみさんの日常をあまりよく知らない。

小さいときから、不動産の会社をやっているご両親の仕事のつごうでハワイと日本を行ったり来たりしていて、その頃からずっとフラをやっていてたまにお手伝いでステージに出ること、ハワイ語を教えるバイトをしていること、友達のやっているハワイアンカフェをひんぱんに手伝っていること、そのくらいしか知らない。

それだけで生きていけるはずはないんだけれど、パパと結婚しているあいだ彼女は専業主婦だったし、パパが遺したお金もあるのだろう。財産のことでは少しももめず、パパの遺した言葉通りに受け取った私たちだった。私は一人っ子だし、たいした遺産もなかったので、静かにことはすすんだ。

それから私はもう大学を卒業するところなので、パパとあざみさんが結婚するまで暮らしていたこの部屋をもらった。

そう、年は近いけれど、あざみさんは義理の母なのだ。

この春に心臓の発作を起こして、急に死んでしまったパパのお葬式をいっしょに戦い抜いて、もっと仲良くなった友達でもある。

はじめて会ったのは、あざみさんがホテルのディナーショーでフラを踊るところを観に行ったときだった。

「実は会ってほしい人がいる。」

ちゃんとジャケットを着て、ひげもきっちりとそったパパがホテルの入り口で言ったとき、すぐわかった。だいたい、ディナーショーを観に行こうと言われた時点でなんとなくあやしいなと思っていたのだ。ただ、それがディナーショーに出ている人だとは思わなかった。きっと初対面の女の人と三人でディナーショーを観ることになるんだろうな、と思っていた。

その頃のパパに多分とても好きな人がいるということは、なんとなく様子でわかっていて、心の準備はしていたのだった。

「彼女ができたの？　結婚したいの？」

私は言った。

「なんでわかるんだ？」

パパはびっくりした。

「だってこれまでも彼女はいたけれど、会わせてくれようとはしなかったから。」

私は言った。ここでは必要以上に大人っぽくふるまう必要があった。深く考えずになるべく流れるように。家族の歴史がめまぐるしく変わっていくことで神様を恨まないように。

「そうなんだ、結婚しようと思う。なんかね、パパはもう自分がそんなに長く生きる気がしないいんだ。」

パパは笑った。

「だから、なんかあせってるんだよ。」

「そんなこと言わないで。」

私は言った。

「その人と、いっしょに暮らしてみようと思うんだ。もちろん結婚して。オハナはどうする？　ほんとうにどちらでもいい。パパはできればみんなで暮らしたいけれど。」

パパは言った。

「私……、淋しいけど、一人暮らしをするよ。」

もともと大学に入ったらそうしたいと心の中で思っていたので、渡りに船だと私は思った。

「ふたりと住むのはちょっと恥ずかしいし、それにちょっとだけ、気が重くていやだし。時間をかけて慣れたい。その人はなにをしている人なの？」

「なにもしていないんだけれど、フラダンサーなんだ。」

パパはちょっと恥ずかしそうに言った。

「ええ？　あのちょっとセクシーに腰を振る踊りの？　どうしちゃったの？　パパ。」

びっくりして私は言った。

「一度会ってみてほしいんだ。とにかく。」

パパは真剣な顔で言った。

うっそうとした植物（いかにもレンタルしてきた感じの、とってつけたような）、椰子やハイビスカスの絵、暗い照明、絵に描いたようなトロピカルな飾り付けをした会場にハワイアンが流れ、アロハを着たウェイターがうろうろしていた。

私は面接を待っている人のように緊張して、食事がのどを通らなかった。

そして、一瞬電気が消えて、ハワイのチャントと呼ばれるお祈りの声とともに女の人たちが出てきて、フラのショーが始まった。

私には、その運命の人がどの女性か、すぐにわかった。死んだママに少し似ていたこともある。それに、ステージの上のあざみさんはだれよりも輝いていた。

長い髪の毛が生き物のように揺れ、スカートがきちんとリズムを刻んで、顔はうっとりと優しく微笑み、肌はぴかぴかに黒かった。裸足の足が床に触れるごとに世界が喜んでいるのがわかった。ああ、世界は今彼女を愛している。そして彼女も大きな美しさを世界に返している、そう思った。

その交歓は官能的ではあったが、全く淫靡《いんび》ではなかった。

まるで花が性器であるその部分を太陽に向かって大きく開いてその香りや色で人びとや虫たちを幸せにしているような感じだった。生まれてきたこと、今、この世に存在することの歓びがあふれていた。それは一方的なものでなくて、世界も彼女がいることを喜んでいるのだった。踊りという言葉でそれは空間に広がって、また戻ってくる。その光に私は魅せられた。

ああ、こういうのが恋っていうんだ。世界も彼女に恋をしているけれど、彼女を欲しがってはいない、そう感じた。それなのに彼女は全身が蜜みたいに甘くしっとり濡れている。世界は彼女を見たがっている。

パパは誇らしげに言った。

「オハナにはだれがパパの彼女だかわかるか？」

十八だった私は答えた。

「愚問だね、パパ。あの人でしょ、前列右から二番目の人。」

「す、すごいな。」

パパは動揺した。パパは私のことをいつまでも子供だと思っていたが、ママの死とその後のパパの変化をなすすべなくじいっと見つめてきた私の観察眼はすでに天下一品だった。

「だって、パパの好みはわかってるもの。私もあの人がいちばんきれいだと思うし。」

決して美人顔ではなかったが、なにもかもがバランスよい人だった。

そして私はかけねなく優しい気持ちで、本心からこう言った。

「ママが死んでしまって、ひとりになって、やっと娘はひとりだちするところで、そしてそれまでずっと待ってがんばって私のごはんを作ったり、勉強を見たり、いろいろしてくれたんだもの。日曜日の夜はいつもいっしょに食事してTVを見たし、ほとんど残業もしないで、出世も棒に振って、とにかく私よりも先にいつも家にいて私を迎えようとしてくれたじゃない。パパは、私だけのパパだった。あとは男の夢を叶えるべきだよ。」

あのでこぼこだった日々、もう戻らない白夜みたいな時代が懐かしくて切なくて、言っているうちにちょっと涙ぐんでしまった。ママがいなくても私は愛されてちゃんと育ってきたのだなあ、と思った。男やもめと小娘の生活はところどころでたらめでがさつですさんだものではあったかもしれないが、私たちは何とかしてずっと互いを支え合ってきたのだろうと思う。

二人は悲嘆やでこぼこな生活の海を泳ぎぬけて、いつしか変化を恐れない強さを身につけていた。

よくいうと臨機応変、悪くいうといいかげん、ということだった。

「男の夢?」

パパは言った。

「若くてきれいなダンサーと結婚するってこと。全ての男の夢かもよ。」

私は言った。

「そんなことないだろう、ヒゲ面のクマみたいな野郎と暮らしたい男だっているだろう。実際パパの友達にはそういう人もいるし。」

パパは笑った。

「そんな極端な例はなしよ。」

私も笑った。

「パパはわかりやすすぎるのかな。」

パパは少し心配そうな顔で言った。そのパパの顔のしわまでよく覚えている。

あのすてきな会話をほんとうに支えていたのが、ステージで踊っているあざみさんだったことも。

「要するにどこからどこまで、妄想までまじめなのよ。」

私は言った。

焼きもちのようなものは、もはやなかった。ママがかわいそうとも思わなかった。

だってママは自殺したのだから。

この、美しいはずの世界を捨てて。

当時の幼い私が信じていたかった、青空や光やレースみたいに揺れる葉っぱや永遠に続く恋や死なない両親の夢をみんな消し去って。

ママを愛していた私とパパと、生きることのつらさをはかりにかけて、つらさのほうがずっと大きくなってしまったのだ。

もちろんそのあと私とパパを襲ってきた現実の重みは、ママが死んだ理由を察することができるだけきっちりと重かった。ママは病気なのにこれに耐えてきたんだ、と私は思った。絶え間ない雑事と金銭の融通や人々のうわさや冷たい目が私とパパを蝕み続け、逃げ出したママを恨みたいと思うこともあった。

でもきっと逃げ出しても楽しくなったわけじゃないんだ、そう思った。

そのことを考えると少しだけ体がきゅっと固くなった。そして、頭の中にある全部の考えがぶっきらぼうな、投げやりな感じになった。私は自分に起こる止めがたいその感じをじっと観察していた。

そしてそんなママに忠誠を誓っていたパパをかばいたくなってしまうのだ。

「どうしておまえはそんなにいい子なんだ?　どうしてこんなこと急に許すことができる?」

ビールのグラスを持って、パパはつぶやくように言った。パパの横顔の向こうには飾りつけられた椰子の木のシルエットがあった。すっかりしわが深くなり、毛穴が目立ち、昔にくらべてむちむちと太り、肌がざらざらになったパパを見て、パパが私を見守ることとママの死をふっきることに費やした時間の残酷さを感じた。

「急じゃないからだよ。パパは自分がどんなになんでも顔に正直に出るかわかってないだけ。」

私は言った。

そんな会話の間も、当時まだ二十代だったあざみさんは今よりもきゅうとしまったふくらはぎを見せて踊り続けていた。魔法がかかったように彼女のまわりの時間が止まっていた。それは時間が彼女の踊りをもっともっと見ていたいから、自分から進んで動かないようにしているけれども、しかたなく先に進んでしまうのだ、という感じだった。

「いい子なんじゃない、きっと冷たいんだと思う。」

私は言った。ママの苦しみもママの顔も、もう遠くに去りつつあった。体が勢いよく勝手に育っていくのが十八歳なのだ。頭は追いつかないし、勢いのある細胞がにょきにょきと育ち、時間は加速して毎日はびゅんびゅん過ぎ、とにかくいつのまにか自分のことばっかりなのがその年齢だったのだ。

「だって、ほんとうに、幸せになってほしいって思うもの。それ以外の気持ちはない。パパが私を育てるために、再婚もしないで、お手伝いさんにもまかせっきりにしないで、私が大学に入るまではガールフレンドともそんなにしっかりとは会っていなかったことを、私は知っているから。」

私は言った。

「うん、何より今つきあっているあの人には踊りがあるし、ハワイがあるから。パパが全てじゃない人なんだ。」

パパは言った。

「パパはこう見えてもわりともてるから、ガールフレンドは何人かいたし、ママが死んですぐの頃をいっしょに過ごしてくれた人もいた。そのときにはほんとうに救われたんだ。でも、みんな途中からおかしくなってしまうんだよ。パパがオハナと過ごしたいからと言って、夜帰宅してしまうことにだんだん苦しみはじめるんだ。」

ああ、ハワイか、と私は思った。

私ができたのもハワイ（ハネムーン・ベイビーだった）、そして家族でよく行ったのもハワイだった。あの体をなでるような風、薄青くどこまでも続く空の広がり、やたらに濃い緑、白く尖《とが》っては巻き込まれていく波の様子、長い長いワイキキのビーチの砂のしっとりとした感じ……どんなに音があっても、なぜか音がない世界のようなあの島。

その場に流れていた音楽と相まってふっと私は連れて行かれた。

ハワイはどうして私にこんなに優しいんだろう、縁があるのかな……でもきっとハワイを好きな人はみんなそう思っているはずだ。あんなに小さい島々なのに、どこまでも大きくそこを訪れる全員を受け入れているすばらしい場所、それがハワイだと感じる。私たちがハワイを沢山愛したから、ハワイが淋しいパパにすてきな女性を貸してくれたのかもしれない、素直にそう思った。

「うちに連れてきてもよかったのに。」

私は言った。

「待てよ、私ったら、案外、意地悪いところがあるかもしれない。やっぱりいやだったかも。ママのキッチンに別の女性が立つのは。」

ママの後ろ姿が浮かんでくる。よく呪いの言葉を吐きながら豆をむいていた。キッチンをきれいにしなくてもいいから、おみそ汁に豆が入ってなくても、なにも入ってなくてもいいから、笑顔になって、と私はいつだって思った。

もちろんママに悪気があったことは一回もない。一生懸命に私やパパを愛して、よかれと思っていろいろなことをしてくれていた。

この体はママの作った食事やママの母乳で作られたものだ。この手のひらも、内臓も。そう思うと私はママがなにもかも、自分さえもなくしたかったのに、私のことをちゃんとまん丸に完璧に作ってくれたことを、育《はぐく》んでくれたことを不思議に思う。

「いや、それは、パパもいやだった。時間がかかるんだ。そういうことは。」

パパがそう言ってくれたので、私は少しゆるされた。

「いろいろな出会いがあったんだけれど、オハナが成人になるまで待ってくれたらちゃんと考えるから、それまでは線をひいたおつきあいをしよう、というそれだけのことも受け入れられない人ばかりで、パパは再婚をあきらめていた。これからも恋はすると思ったけれど、再婚はいいや、と思った。でもあの人は違うんだ。あの人はこの五年間、ずっと普通だった。せっぱつまることも泣くこともなく、パパの妻の座を狙うこともなかった。それでオハナの大学と下宿先が決まった今、プロポーズしたんだ。彼女は受けてくれたよ。」

「五年間もつきあってるの？　彼女は今、いくつなの？」

「二十六歳。」

「うわあ。じゃあ、出会ったときは今の私とほとんど変わらない年？　ほとんど淫行だね。男の夢はいつもでっかいねえ。」

いやみでもなんでもなく、すごいなあと思って私は言った。

「まあな。」

パパは笑った。

そのときの私たちは妙に和やかで、いつのまにかあたりまえのようにそんな会話をしていた。

そんなことの全ては、あざみさんの見た目によるものだったと思う。彼女を見たら、ひとつの魔法にかかってしまう。そして彼女も魔法の中に生き、魔法に包まれている。だから彼女には余裕があるのだ。

そしてママのそんな魔法はもともとはあったのに、いつしかママから離れていってしまったのだろう。最後の方のママはスカスカで、乾いていた。乾いた枝みたいに折れてしまいそうだったし、少し冷たい風にあたっても心臓が止まってぱったりと死んでしまう小鳥みたいだった。

パパも女の人の魔法が恋しかったのだろう。強烈な魔法でないと、ママには勝てなかったのだろう。

パパの気持ちはわかった。私もその夜、彼女に恋をしたみたいな気持ちになったからだ。

少しでも近くに行きたい、微笑んでもらいたいと思わずにはいられなかった。あんな人を好きにさせるなんて男としてのパパはやるなあ、という気持ちと、見た目はかっこう悪いけれど、決めたことはただやるパパの良さをわかってくれた彼女への感動が入り交じっていた。

そしてあんな花みたいな人がこの人生に降り立ってくれるなんて、なんてすてきなんだろうと思った。

「ねえ、名前はなんていうの？　彼女の名前。」

私は言った。

「あざみさん。米持《よねもち》あざみさん。」

パパは言った。

いい名前だな、と私は思った。彼女には花の名前がなんと似合うのだろう。

パパを取り巻いている恋の熱が心地よく感じられたのは、私もまた自分の人生を歩みはじめるところだったからだろう。新しい世界に花が添えられているような感じがした。あざみさんが踊っているだけで。

あざみさんは、神様が、苦労してきた私たちに贈ってくれるすてきな花みたいに思えた。ほんとうはあるはずの再婚の複雑さを、時とこれまでの苦難が洗い流してしまっていた。

自分のためにパパの時間を犠牲にしているという思いも、もう肩から下ろしてよかったのだ。

もちろんあざみさんはふだんもきれいだが、ふだんの彼女は必要以上にオフになっていると思う。その美しさの半分も表に出していない。ただのちょっときれいな人という程度だ。

しかしひとたびあざみさんが右足を前に出して踊りのかまえに入り、音楽やイプという太鼓の音が聞こえてきた瞬間に、何かが変わる。彼女をとりまく空気もぴんとはりつめ、空間がさあっと広くなるのがわかる。

ほんとうにすばらしいダンサーは世界を止めることができるのだと私は思っていた。

そして彼女が踊り出すと、そこから魔法が始まる。感覚の全てがオンになって、彼女は自分から選んで神や世界への供物になる。きっと神様はどん欲で、お米や花や果物が盛ってあるお皿では満足しない。美しく神聖な女が動いていないとだめなのだ。美しい肉体は別に求められていない。きっと彼女のまわりで動いている空気の色や質が見たいのだと思う。

神様、その気持ちわかります。と私はいつでも思う。そう思うとき、神様を近しく感じる。

これ以上に神が創った世界を讃えるやりかたがあるだろうか、とあざみさんの踊りを見ていると思うのだ。あざみさん本人さえも世界への愛を表す道具になってしまうくらいに、踊りは彼女を乗っ取り、この世の奇跡の流れの一部にしてしまう。

いっしょにいると、そのことを忘れて甘えたりけんかしたり憎まれ口をきいたり仲直りしたり、普通のふたりなのだが、踊りとなると私は彼女を尊敬せずにはおれない。

初めて会った夜、あざみさんとバックステージで会って、パパがあざみさんを私に紹介した。

あざみさんは恥ずかしがってうまく言葉が出てこなくて、でも目がきらきらしていて、私に優しくあろうと、そうありたいという気持ちが全身からにじみでてきて、とても温かかった。

そういう女性的な温かさに触れたのが久しぶりで、私は涙ぐんでしまった。

焼きもちを探してみたけれど、心の奥底からも発見できなかった。私もまた家族がふたりきりなのにもうすっかり飽きていたのだ。新しいことがしたい時期だったのだ。

「ごめんなさい、人見知りで、少しずつ、時間をかけて絶対に仲良くなれると思います。今も気持ちはもういっしょに寝ているくらいに近いんだけれど、現実の時間がまだやってきていないので、何回も顔を合わせてだんだんいろいろしゃべれるようになります。」

あざみさんはもじもじしながらそう言った。

さっき舞台で堂々としていた姿とはまるで別人のようだったので、私はくすくす笑った。

その日から、あざみさんと私の歴史も始まったのだ。

ホノルルの空港に降り立つと、とたんに違う種類の光が降ってきて、はっとして目が覚める。

飛行機の中で見ていた人工的な世界、みんなが無理して死の匂いを、今自分たちがほんとうは人間の生きていられない異様な場所にいるのだということを忘れようとしている場所から、急に植物の命がばりばりと光を食べている中に放り出される。体中の細胞が甘く官能的に動き始める。ざわざわした動きが体の中で行き場を求めて流れ始める。

その瞬間がいつでも大好きだった。

「いっしょにハワイに来るのははじめてだね。」

あざみさんはサングラスをしていたのでわからなかったけれど、声が震えていた。

「ううん、一回だけ、後から私が追いかけてきてふたりの旅に参加したことがあったよ。でも私はそのときダイビングに燃えていて、あんまりいっしょに行動しなかったからね。ねえ、パパのこと思い出しているの?」

私は言った。

「うん。」

あざみさんは言った。

一年に何回も、いつもふたりでここに来ていたから、どれだけいっぱいの思い出があるのだろう。そして今となりを見たら、パパがいなかったことがどんなに淋しかっただろう。

大事な人を亡くしなれている私には、ずきずきとその気持ちがわかった。

「オハナの手が、パパに似ているな、と思ったら泣けてきて。」

あざみさんは言った。

私は彼女の手をぎゅっと握って、旅行会社の人の車のところまで連れて行った。それに乗せてもらって私たちは北へ向かうことになっていた。あざみさんは泣き止んで、目をごしごしふいた。そして言った。

「ありがとう。今みたいに、ほんとうに悲しいときにだれかに優しくしてもらって、お礼を言うだけでは少なすぎるし、抱きしめても足りないし、もうどうしていいかわからないくらいにその気持ちを感じることってあるでしょう?」

「それほどのことでも。」

私は言った。昔の私はママにはこんなことをまだしてあげられなかったから、大人になった私はそういうことを惜しまずにするようにしていた。

「あたりまえのことだよ。」

「嬉しかったよ。オハナちゃんがいて、よかった、と思った。みんななくしちゃったわけじゃないんだなって。他の人たちといると、その人たちが前と変わらなくて楽しければ楽しいほど、パパがいないことがはっきりしてくるんだ。でも、オハナちゃんは違う。家族だから思い出が増えるの。」

　あざみさんは言った。

「そして、私はそんなありがたく思う気持ちをずっとハワイに持っているの。恋してるの。だから踊ってるの。踊るとお礼を言ったみたいで、ちょっと気が済むの。」

「お祈りと同じなんだね。」

「うん。」

　車は出発し、ノースショアに向かう道をぐんぐんと北上した。

「この道をこんな気持ちで通るのは初めて、もうパパはいないのね。」

　あざみさんは言った。

「パパのいない世界なのね、ここは。たとえいつもの、大好きなハワイでも。いつもなにかが足りないの。だれかに会いたいの。でもそれは多分いつもパパなのね。そして地上ではもう会えないのね。」

それを聞いてちょっと淋しくなり、私は涙をこらえた。さとうきび畑がにじんだ。

あざみさんの素直な涙が筋肉質の首筋を伝っていくのが見えた、それは大地に降り注ぐ優しい雨、まるで世界のための養分みたいに思えた。

ダンサーというもののすごさを、いっしょにいるようになって思い知った。毎秒、毎瞬表現している。俳優とは違う。顔とか、解釈の表現ではなくて、体がまわりじゅうの世界の雰囲気を感じ取って、勝手にいろいろなものを表してしまう。チャネリングとか、予言とかよりもずっとダイレクトな、宇宙との交信だと思う。

だから男の人はみんなダンサーが好きなのだな、と私は納得した。目を腫《は》らしてそんなふうに暗く悲しんでいてもあざみさんはきれいだったからだ。


「ああ、石けんシャンプーがとろろいもみたいになっちゃってる。」

部屋に入って私が荷物をほどいていると、バスルームのあざみさんが大声でそう言ったので、見に行ってみたらなにかどろどろした緑色のものを瓶から出して泡立てていた。

「なにそれ。」

「手作り石けんシャンプー。せっかくいっしょに使おうと思ったのに。」

「飛行機で冷えて、車の中で温まって、変質しちゃったんだ。スライムみたいだね。」

私は言った。

「ぬるぬるした固まりがいっぱいだ、でも意地でも使おうっと。」

あざみさんはそのぬるぬるを顔に押しつけて洗い始めた。見るからにぞっとする感じだった。

窓の外はいっぱいに空と海が見えた。そしてクーラーの音がぶんぶんと部屋に響いていている。光はまだまだ午後いちばんの強さで、プールからは子供たちのはしゃぐ声が風に乗って伝わってくる。

「ちょっと寝ようかな。」

私はまっさらのシーツと毛布の間にすべりこんだ。ひんやりと冷えていた。

「私、ちょっと散歩してくるから、鍵持って行く、水も買ってくる。」

あざみさんは荷物の整理をしながら言った。

変わりゆく全てのこと、時の情け容赦ない流れの中ではこんなどうでもいい一場面が後になるとふわっと、猛烈によみがえってくることを私はどこかで知っていた。

あざみさんのしゃがんだ後ろ姿を見て、いつか遠い未来の私がもうこの光に満ちた場面を懐かしんでいた。

「行ってらっしゃい。」

と言って、私はもう半分眠りの中にいた。光の中で眠るのはなんとなく懐かしい感じがする。

そして思った。「ああ、私にはもう親がいないんだ」と。ひとりっ子で両親が死んだから、いつのまにかひとりになっちゃった。

あざみさんがいるからあまり気づかなかったけれど、こんな若くしてそんなことになるなんて、思ってもみなかった。

世界中のどこに行っても、もうパパもママもいない。

うわあ、広い、そしてひとりきり。こんなに広い空の下をどこまで遠くに行ってももう私には親がいないんだ。

ちょっと泣きそうになったけれど、眠りが優しく私を包んだ。

あざみさんがばたんと戸を閉めて出て行ったのが聞こえた。淋しさを打ち消すような、とてもいい音だった。人生は続く。あちこち痛くて震えるような旅行だったけれど、むきだしの心臓が敏感に美しさを刻み続けているような感じがした。

目が覚めると、あざみさんがバルコニーで踊っているのが見えた。

ヘッドフォンをしている彼女の耳に聞こえている音楽は、私には聞こえてこなかった。しかしうっすらと微笑んで踊るあざみさんが音楽そのものだった。複雑なステップを踏んで、ゆっくりと回転し、パウスカートのすそがひらっと空間をなでた。風の吹くような優雅さであざみさんは手を右から左へと波打たせていた。

その向こうの海や山を見て、この踊りはこの島で育ったものなんだなとあらためて思った。風に溶けてしまいたいと、こんなに思わさせられる場所はないだろう。夕方が近いと何もかもが金になる。その金はとろとろに溶けたバターみたいにゆるい風に混じってくる。

汗だくになったあざみさんが部屋に入ってくるまで、私は薄目をあけて踊りを見ていた。

「起きたの？」

「うん。」

「ハワイでのひと踊りをすませた。」

「見てたよ。」

「どうする?」

「ちょっとビーチに行こうかな。」

私は言った。

「いいね、私も行こうかな。」

窓から見るのとは違って、砂の上をえんえん歩くのは大変だった。足が砂にめりこんで、なかなか進まない。目の前にタオルを貸してくれるスタンドが見えているのに、たどりつかない。

やっとたどりついて、ござも借りて、ごろんと横になったら汗がつうっとござに落ちた。その向こうには海が見えていた。

あざみさんは岩場でとってきたやどかりを歩かせてじっと観察している。変な人だと思った。寄り目になって、しゃがみこんでいた。たまにやどかりを触っている。

もしも私の体の中にパパの遺伝子が入っているのなら、パパになってあざみさんを見てあげたいと思うような子供っぽいかわいい仕草だった。

こんな美しい女を残し、やっと大学を卒業する娘の将来も見ないで死んでいくのはどんなに切ないことだっただろう。

「部屋にあった変なぬいぐるみさ、やどかりだったよね。」

あざみさんがこちらも見ず、やどかりを見つめて言った。

「ああ、お金を出して買ってって書いてあった。」

私は言った。

「あれさ、買おうかな。」

あざみさんは言った。

「そんなにかわいくないし、かさばるよ。気の迷いかもよ。」

私は言った。

「そうかな。」

あざみさんはやっとこっちを見て笑った。

「なんか、今楽しいから、記念に買おうかな。」

「私も今、なんか楽しい。久しぶりに。」

私は言った。

やどかりはよたよたと歩いて海に入り、波に流されていった。砂の濡れたつぶつぶに混じって、茶色のからが消えていくのを、私たちはじっと見ていた。

向こうのほうにはおそろしいほどの高波がたっていて、サーフィンをしている人たちがいる。こちらのビーチはほとんど波がない。静かな海だ。空にはふわふわの雲が浮かんでいて、夕方に金色に染まる直前の薄いオレンジが見える。

「ね～、オハナちゃんって処女？」

あざみさんが足をばたばたさせながら言った。

「なんでそんなこと聞くの？　恥ずかしいなあ。」

私は言った。

「そのむちっとした太もも、処女太りかなあと思って。」

あざみさんが言った。

「悪いけれど違うよ、一回しかちゃんとつきあったことないけど。」

私は言った。

「そうなんだ、どのくらいの期間つきあったの？」

あざみさんが言った。

「一年間くらい。先輩だったから、遠くの大学に行ってしまって、新しい彼女ができちゃった。」

「ああ、何回か九州に行ってたね。」

あざみさんが言った。

「私さびしがりだから、遠距離には耐えられないみたい。」

私は言った。

「そのときやってたのか〜。」

あざみさんは言った。

「人の話聞いてる？」

私は言った。

「聞いてる聞いてる。」

あざみさんは笑った。

「なんかこういう話がいいんだよね、ビーチって。」

「じゃあ聞いてもいい？」

私は言った。

「パパってスケベだった？　しつこかった？」

あざみさんはげらげら笑って、

「恥ずかしいなあ。」

と言ったあと、

「どっちかというと淡白な方でした。」

と言ったので、私は少ししんみりした。

パパの匂いなら臭くてもなんでもかぎたい、知らなかったことでもどん欲にあさりたい、そんな気持ちだった。風と砂にまみれてパパの像が近づいてくる。見えなかった部分がちらりと見える。まるでパパの面影に抱かれているようだ。東京に帰ったら会える気がするのに、成田で会えたらいいのに、寝ぼけまなこでゲートをくぐったら、車の鍵を持ったパパが笑って片手をあげてくれればいいのに、と私は空想した。空想は甘くておいしくて食べ終わりたくない綿菓子のようだった。


ママが最後にこのホテルに来たときの日記を私は持ってきていた。

ぼろぼろのノートには色とりどりのケアベアの絵が描いてある。きっとこのノートもホテルの売店かハレイワの雑貨屋か、空港で買ったのだろうと思う。

お菓子をこぼしたらしい油のしみもある。それを見ると、いつだってママが近くにいるみたいできゅんとするのだ。

夜中に時差ぼけで起きてしまい、すうすう寝ているあざみさんの口元のよだれを愛おしく眺めながら、私は小さくライトをつけてママの言葉を読んだ。

ママの字を見ると、時空がゆがんで、私はママの世界へと入っていくことができた。ハワイの夜の闇の中にはいろいろなものがうごめいている。あと一時間で朝は突然気配を表し、それにいち早く気づいた鳥たちがうるさいほどに鳴き始めるだろう。

「タートルベイにて

頭痛がひどくて飛行機で寝られなかった。

それでオハナにつらくあたってしまい、あとで反省する。

反省したのに、オハナは夕方五時からぐっすり眠ってしまってちっとも起きないので、あやまりようがない。

なにもかもがむつかしくなってきている。

靴下をはくのもむつかしいし、飛行機のチケットを管理するのもむつかしい。オハナはエネルギーがいっぱいあって、それが私を針みたいにちくちく刺す感じがする。

夜中に起きてみたら、海が真っ暗で波だけ白くて、ぼんやりと明けていく空にはなにもいいことなんかないみたいな淋しさがあった。それでお風呂の白いタイルのところで泣き出した。彼を起こさないように、ひとりで泣いた。

泣いていたら、小さな足音がしてきて、オハナが背中をなでてくれた。小さい手だった。ママ大丈夫、どうしたの、おなかが痛い？　と聞いてくれた。いっしょに寝てあげると言ってくれた。それで私とオハナは熱いこぶ茶を分け合って飲み、ベッドでぎゅっとくっついて眠った。オハナが先に寝て、鼻のあたまに汗をかいていた。

大丈夫、今日一日はこれでもうなんとかがんばることができる。つないでいくしかない。

オハナを見ていると涙が出てくる。こんなに好きなのに、どうして体がいうことを聞いてくれないの。こんなにかわいく思っているのに、どうしてそれが私の命に響いてこないの。神様。」

この同じ部屋でママが苦しんでいて、私はタイムスリップして今に来ているみたいに生々しかった。

今の私は少し淋しいだけで苦しくはなかった。

空気の中に私を大丈夫にするようなものがたくさんあって、いくつものネットになって私が落ちることのないように守っている。そのネットの一枚は死んだママが私を愛していなかったわけではないことだ。

夜中のこのホテルでママの日記を読むのは不思議な感じだった。手をのばせば会えそうな、でも触れられないような。

あのときの小さい私に感謝をする。せめて。

よかった、すっかり忘れていたけれどちゃんとママをなでてあげていたんだね。おちびさん、あのとき、ママに優しくしてあげてくれてありがとう。きっと昼間はさんざんいたずらをしてママを困らせたんでしょう。でも、ママが泣いていたらただ丸ごと優しい気持ちになったんだよね? それを素直に出してくれて助かったよ。おかげで後の私がこんなにも助かったんだよ。

イメージの中の小さい私はあっそう、とそっけなくうなずいた。

だれかのためにしていることなんか一個もないもの、生きているだけなんだもの。開かれているだけなんだもの、そう言いたさそうだった。


いつのまにか眠っていた。

まぶしい朝の光がゆっくりと寝かせてはくれず、私たちはコーヒーを飲みに下におりて行った。

「今日の卵焼く人、当たりだよ！」

あざみさんがオムレツを持って、にこにこしてテーブルに戻ってきて言った。

バイキングはいろいろな食べ物をこんもりと盛り上げて湯気をたてていた。

私は食欲がなかったけれど、それを聞いて卵のカウンターに行った。

片言の英語で具を選ぶ。チーズとピーマンだけでいいです。オムレツにして、目玉焼きじゃなくて、もちろんオムレツ。具を入れて。

中国系のお兄さんがにこにこしながら油をひいて、卵をゆっくりふわっとさせながら、ていねいに焼いてくれた。まるでこの一枚が人の命をつなぐんだ、と言いたいくらい、不器用にていねいに。くるっとひっくり返すこともなく、とんとん取っ手をたたくこともなかった。とっても好感を持った。

沖縄で友達の実家のおばあさんが瓜《うり》を煮てくれたときみたいだった。少しでもゆれたらくずれそうな瓜をそうっとそうっと半透明に、あまり器用でない真っ黒い手で。おばあさんの家族を栄養だけでなく気持ちで養ってきた手だった。

この人はものすごいシェフになることもないだろうし、雑誌に出ることも多分ないだろうし、高い給料をばんばんもらって独立することもないと思うんだけれど、それでも私の気持ちがこんなに今朝、ふわりと卵のように幸せになりました、と私は思った。

その心が届いたのか彼がにこっとしてお皿に盛られたオムレツはつやつやと輝いていた。

あざみさんはコーヒーに蜂蜜をいっぱい入れているところだった。

「あざみさん、オムレツ、ほんとうによかったよ。」

席につきながら私は言った。

窓の外ではもう朝早くからプールで泳いでいる子供たちの声と水の音が聞こえてくる。

「そうでしょ、なんかけなげなほどきれいにやってくれたよね。」

あざみさんは言った。

「ねえ、当たりってことははずれも経験しているの?」

私は聞いた。

「そう、だめなおじさんのときもあるの。卵の係。まえにパパと来たとき、ものすごく固くて具は生っていうことがあったんだ。」

あざみさんは笑った。

光に透けて茶色い髪の枝毛が見えた。この枝毛さえ、パパは愛していただろう。

あざみさんは私たちの人生に降りてきた天使だ。

もちろんだめなところもいっぱいある。自分勝手だったり、部屋をぐちゃぐちゃにしたまま帰ってしまったり、冷蔵庫の中の果物をみんな食べてしまったり、寝不足で泊まりにきて丸一日寝て帰ったり、どうにもだらしない。飲むと大声で歌ったり踊ったりするし、そして男の人の目線に無頓着で、すぐに気を持たせたと誤解されて怒られたり襲われたりする。

まあ、そういうところも天使のくせのひとつなのだろう。彼女は多少おばさんになってきていてもずっと天使のままだった。

「私、こっちに育ての親みたいなおばさんがいるんだけれど、会いに行ってもいいかな。もしよかったら、いっしょに行かない？」

あざみさんは言った。

「ええ？　だってそんな大事な人、水入らずで会っておいでよ。」

私は言った。

「私、本読んだり、プールで寝たり、海行ったりしているからさ。」

「義理の娘を自慢したいのよ。」

あざみさんは言った。

「じゃ、ひまだし、行こうかな。ほんとうにいいの？」

「うん。どうせ出入りしている人が多い家だから、水入らずはありえないのよ。」

あざみさんは言った。

「私が小さい頃、父は不動産の会社の仕事でずっとハワイに住んでいて、母と私は行ったり来たりしていて、こっちにいるあいだ、昼間ずっと私はそのおばさんの家にあずけられていたのですって。一歳から三歳くらいまでのことかな。ほとんど記憶はないんだけれど。そのおばさんに会うと、とても幸せな気持ちになるから、多分楽しかったんだろうと思うんだ。」

「三歳からはもうあずけられなくなったの？」

私はたずねた。

「ううん、それからも両親がハワイに長く滞在するたびに、私はあずけられていたよ。そこでフラを習ったし、もう少し大きくなってからは、そのおばさんのお友達のクムフラに習ったのよ。」

「クムフラってなに？」

「フラの指導をする資格を持っている人のことよ。」

「単なる先生っていうのとは、違うんだよね？」

私は言った。

「霊的にも、精神的にも、踊りも、チャントも、楽器も、そしてハワイに対するこころがまえも、ハワイから愛されているかどうかも、いろいろな試験を経て、他のクムに認められ、儀式を経て、やっと手にできる称号なの。」

「あざみさんは？　クムフラを目指しているの？」

「とんでもない、そんなおこがましいこと。私はまだまだだし、多分そうはならないと思う。東京でみんなと踊っているくらいがいちばんいいの。でもね、もう少ししたら子供にフラを教えることを始めようとは思うんだ。子供の頃淋しかったけれどフラを踊ることで淋しくなくなったから、そういうことができたらいいな、と思って。」

あざみさんは言った。

「パパと結婚するとき、ハワイに住んでクムフラになることはきっぱりあきらめたんだ。パパのほうが大事だったから。でも、パパとの間で赤ちゃんにめぐまれなかったことを悲しんでいるとき、急に思い出したの。そうか、私もおばさんみたいに子供たちに教えて、子供たちがいつでも遊びにこられる場所を作ればいいんだって。あのさ、沖縄でユタになるときって、神様のほうで呼びにくるんだって。夢に何回も出てきたりね。そういう感じ。神様が急にぽんと肩をたたいて、子供ができなかったのは悲しいことじゃなくって、もっとたくさんの子供の役にたてるんだよ、って言ってくれたみたいな感じなの。そうしたら悲しい気持ちがやっと少し晴れたの。」

「そうか。きっと、それがあざみさんのゆくゆくの天職なのね。」

私は言った。

「そう思う。きっとうまくいくと思う。もちろんオハナちゃんもいつでもこられるような、小さい場所を作るからね。毎日のように遊びにきてほしいし、いつ泊まりにきてもいいよ。」

あざみさんは言った。

「ほんとう？　でもあざみさんだって再婚するかも。そうしたらいつかまた赤の他人みたいに離れてしまうかも。そして、たまに会うだけの人生になっていくかも。」

私は言った。言ってから、どれだけ淋しいことを言ってしまったのか気づいた。

「ありえない。あなたは私の娘なのよ。まず娘がいて、それからそれを受け入れてくれる人だけとつきあうよ、私は。あたりまえじゃないの。私のいるところは、永遠にいつだってあなたのおうちでもあるのよ。」

あざみさんはきっぱりと言った。

「今はオハナちゃんのところにいりびたってるけど。いつでもお互いさまだもん。」

踊りで鍛えたその強い意志が、私をほっとさせた。そうか、私にはまだほんものの家族は残っていたんだ。すべりこみでできたものの、行くところは確かにあるんだ。

「あざみさん、どうしてそんなに人をちゃんと信じることができるの？」

私は言った。

「だれかをそんなにしっかりあてにしてしまって、こわくないの?」

「だれでもをあてにしてるわけじゃないもん。」

あざみさんは言った。

「そういうことじゃなくって、なんか私の世代はあんまりそういうふうにぐっと人の近くに行くことができないのよ。」

私は言った。

「それはさ、きっと甘えっ子ばっかりだからだよ。」

あざみさんはあはは、と笑った。

「甘えっ子同士だと寄りかかり合って自滅しちゃうもんね。私は最終的に自分のケツは自分でふくって決めているから、素直にできるのさ。」

「なるほど……。私は、あざみさんと知り合えて近い関係になれて、とても頼もしいよ。パパに感謝してる。でも、でもね。いつか好きな人ができたら素直に突っ走ってね。」

私は言った。

「私は、やるときはだれにも気を遣わずにやるよ。でもオハナちゃんをおろそかにすることはない。あなたはもう私の中にしっかり入ってる。」

あざみさんは胸のところに手をおいて、目をふせながらそう言った。

「それに、パパ以上の人はなかなかいないよ。遊びではいるかもしれないけれど。パパは、ほんとうにかわいいおじさんで、都会の中にこっそり残っていた小さなオアシスみたいな、奇跡みたいな人だったからなあ。」

私は誇らしく思った。地味なパパのよさをわかってくれる人がいて嬉しかった。パパは死んでも、私のそういうところはまだまだ子供のままなのだった。

「いつも汐留《しおどめ》の駅でパパと待ち合わせをしたわ。たくさんのおじさんが歩いていても、パパだけはかわいく光って見えていた。私の目はごまかせないのよ。」

あざみさんは言った。

「ほんものはちゃんとほんものに見えるのよ。」

「別に清潔だったわけでも、かっこよかったわけでもないのにさ。」

私は言った。そう、パパは普通の背の低いおじさんだった。

でも決めたことはする人だった。だから、輪郭がはっきりとしていた。

「あ、あの人の鼻見て、すごい整形ぶり。」

あざみさんは言った。

見るとプールに向かって歩いているおばあさんの鼻だけが不自然に顔にくっついていて、顔の皮も不思議につっぱっているのが見えた。

「アメリカではわりと普通のことなのかしら。」

私は言った。

「昔さ、高校のとき、夏休みが終わって登校したら、後ろの席の子の顔が変わっていてさ。」

あざみさんは言った。

「見てわかるほどに?」

私は言った。

「もう、露骨に。目もぱっちり二重になっていたし、鼻の先の丸みも三角になっていたの。」

あざみさんは言った。

「びっくりしちゃうね。それは。」

私は言った。

「まわり中がそれをわかったんだけれど、デリケートな問題だし、女子校だったから、みんなで『しばらく言わないようにしようか』みたいなムードになってきて、見て見ぬ振りをしてたんだけれど、振り向くたびにぎょっとするのはしばらく抜けなかったなあ。」

あざみさんは笑った。

きっと彼女はほんとうに毎回ぎょっとした顔をしてしまったのだろう、と想像しておかしくなった。

「そうそう、それでね、私ったら、一回消しゴム落として、すっかり彼女の顔が変わったことを忘れていて、拾ってもらったときに『ありがと』って言って、顔を見たら、彼女は新しい顔でにこにこしていて、もともとすごいお金持ちのお嬢様でなんの接点もない子だったんだけれど、そのにこにこが前のにこにこと全く変わっていなかったのね。それなのに、目の前に知らない顔があったので、私ったら、ものすごく淋しくなって泣き出してしまったの。相手はきょとんとしているし、まわりはなんとなく私の気持ちがわかってしまうしで、ものすごく恥ずかしかったし、ごまかすのが大変だったわ。」

私はあざみさんのきれいな心が愛おしくて、彼女の手をぎゅっと握った。

パパの代わりに、世界の代わりにぎゅっと。こんなとき私は世界とひとつなんだと思う。私の目はただそのまま全てを映している。

「あの子、今頃新しい顔にすっかり慣れているのかしら。そうしたらさ、あの頃のあの子の顔はいったいどこにいっちゃうんだろうね。」

そんな気持ちを知りもせず、あざみさんはつぶやいた。

あざみさんはその頃のその人に届くほどの遠い優しい目をしていた。感情が時空を超えて柔らかく広がっていくのを見たような気がした。


タートルベイは陸の孤島みたいなところで、まわりはなにもない。海と広い道があるだけだ。私たちはレンタカーを借りて、ホテルを脱出した。

そしてハレイワに買い出しに行って、マツモトのシェイブアイスを食べた。

七色に光る氷、駐車場のごみすて場のすっぱい匂い。アイスを買う人の長い行列がお店からはみだしているところ、なにもかもがいつも通りで、めまいがした。時間が止まっているようだ。今にもトイレに行ったママが戻ってきそうな気がしたし、パパが車の中で待っているみたいな気がした。でも悲しいことに私の体はすっかり大きくなって、今の時間しか手に持つことはできなかった。アイスが溶けて混じって濁ったみたいな色になっていくことだって止められはしない。

細かいことまで思い出せる。パパが借りていたレンタカーの青い色や、ママのサンダルのかかとがちょっと汚れていたことや。

「あざみさん、あのさ、悪いんだけど石けん買ってもいい？」

私は言った。

「ええ？　私も今、それを言おうと思ってた。」

あざみさんはげらげら笑いながら言った。

「でも、せっかく私の手作り石けんをいっしょうけんめい使ってくれてるから、悪いなあ、なんて思ってた！」

「だって、あれ山芋を体にこすりつけているみたいなんだもの。」

私は言った。

「そうだよね、はじめはすごくよかったんだけれどねえ、泡立ちもよくて。やっぱり飛行機で冷えたのがよくなかったのかな。」

あざみさんは言った。

「きっと、冷えて固まった後に、車の中で直射日光に当たったのがよくなかったんだよ。

別物になったよね。」

私は言った。

そしてふたりで、つるんとした海亀の形の石けんを買った。

無造作にバッグに入れて、歩き出した。つたのからまる古い教会の門が静かに日にさらされていた。午後近い街にはけだるい空気が流れていた。

ここの駐車場に車を入れるパパの横顔の映像が何回も頭の中をよぎった。黒いポロシャツ、灼《や》けた腕。

その光景をあたりまえのようにいつもぼんやりと見ていた。外は暑いだろうなあ、アイスを買う人の列は長そうで面倒くさいなあ、そういう気持ちで。

そんな場面をあとの私にうらやましく思われることを、その頃の私は知らないのだ。今、私はとてもうらやましかった。そんなことがずっと続くと思っていたあの女の子。両親がそろっているのをあたりまえに思っていたあの子。

カフクの町にはやたらにエビの屋台がある。エビを養殖しているのだ。

私たちはおなかが減ったけれど、よく行っていたハレイワのレストランやクアアイナなんかでしっかり食べる元気がなかったので、ホテルのほうに戻ることにした。

途中、ものすごくすてきな入り江があって、私たちは車を止めてうっとりと見つめた。どうすてきかと言うと、まるで夢のようなのだ。何かが満ちていて、光も、木の色も。なんでこんなすてきなところがこの世にあるんだろう、といつまでも言い合った。クーラーの効いた車の中で幸せな景色を見ていたらおなかが減ってきて、思いついて急にカフクに向かった。

エビは、ガーリック味のとただゆでたのを、シュリンプとプローンの二種類で注文した。ビールがほしいところだねえ、明日は部屋に持って帰ってビールといっしょにぜひいこう、と言いながら、炎天下でエビ料理ができるのを待った。

青い空にエビの店の赤がよく映えていた。じりじりと手の皮膚が焼けていくのがわかる。エビは火で調理されていて、その横で女たちは太陽に焼かれていた。

「もし私たちが男女だったら、こんな旅行してたらものすごくいやらしいよね。」

あざみさんが言った。

「別のジャンルになっちゃうね。そりゃ。でもそれもまた男子の永遠の夢だね。義理の母さんとのセックス。」

私は笑った。

「ほんと、女の子でよかった。」

あざみさんは言った。

「食べて、泳いで、踊って、おしゃべりして、パックして寝る。そんなことができるのは女の子だから。ねえ、オハナちゃんは今彼氏はいないの?」

「今はいない。」

私は言った。

「実は、私リフレクソロジストの資格を、一応取ったのね。それで、今度は台湾式を習いたいから、卒論をなんとか書いて来年無事卒業したら、しばらく台湾に留学しようと思っていて。だから今も好きな人はいるんだけれど、多分向こうもこっちを好きだと思うんだけれど、ふみきれないんだよね。もう遠距離はいやだよ。」

私は言った。

私の今のところのいちばんの夢は台湾で修行して、台湾のあちこちを見て回って、日本でサロンを開くこと。いろいろな人に出会って、その人の疲れをこの両腕だけで取ってあげること。

これから始まるそういう人生のページは長くていろいろなことがありそうだ。

あざみさんは言った。

「そうだよね、そうしょっちゅう行き来はできないかもしれないものね。でも私はしょっちゅう行くからね。出資する代わりにいりびたるつもりだから、今から覚悟していてね。それに台湾はきっとかっこいい人がいっぱいいるんだろうなあ。角質名人とか。」

「だれそれ?」

私は言った。

「私が台湾の行きつけの足つぼサロンに行くと、しょっちゅう回ってくる角質を取るプロよ。なんか職人的でかっこいいのよ、毎回ほれそうになるのよ。」

あざみさんは言った。

「知らないよ。」

私が言うと、

「オハナも角質名人に会うことになるよ、台湾に行ったら。」

とあざみさんが真顔で言ったその言い方が頭が悪い感じで妙にかわいくて、おかしかった。

「でも彼氏は作りなよ、若いんだから。まじめになりすぎないでね。」

「うん、でも今はね、このくらいがいいのかも。なんか中途半端で、風に吹かれているようなよりどころがない感じで。」

私は言った。

「そうかあ。若いんだね、私なんかもうすっかり未亡人だよ。」

あざみさんは笑った。

「パパを見送ったら、ぐっと老けた気がするんだ。一部始終に夢中で関わって、気づいたらうんと時間がたっていて、ひとりになっていたの。」

「なぐさめにならないけど、私も似たようなものだよ。自分がこんなみなし子の境遇にあることが、まだ信じられないもの。」

エビができあがってきたので、私たちは生あたたかい風が来る吹きさらしのテーブルについて、手も指も口もべたべたにしてエビを剥《む》いて食べた。もう服が汚れるとか暑いとか気持ち悪いとかハエが来るとか全然気にしないで、けだものみたいに食べた。

そうしたら今どこにいて何をしているのか一瞬すっかり忘れていた。暑さでまいったというのもあるし、手がべたべたすぎて、洗いたくて、他のことが考えられなくなったというのもある。

はっと顔をあげると真剣にエビを剝いているあざみさんと、その向こうに広がるエビの養殖池が見えた。空には流れるみたいな雲が出ていて、薄い青が涼しそうだった。


あざみさんの育てのおばさんは、細くて黒い日本人のマサコさんという人だった。小さいすてきなおうちの玄関に立つと、プルメリアの花の香りでめまいがした。庭にはたくさんのブーゲンビリアがあって、色とりどりにわさわさと咲いていた。

あざみさんの原点がここにあると感じた。

マサコさんはちょうど子供のレッスンを終えたところで、家の中にある小さいスタジオみたいなところで、子供たちがおしゃべりしていた。あざみさんのおかげで見慣れたイプがしっかりと置かれていた。きれいな柄のパウスカートの群れがちょろちょろしていてかわいかった。

マサコさんはなにかすてきなハワイアンネームで呼ばれていて、それは多分花の名前なのだけれど、私はすっかり忘れてしまい、その名前の響きだけが甘い香りみたいに耳に残ったままになった。

花の香りがしてくるような発音だったのだ。

あざみさんはかけよってマサコさんを抱きしめてしばらくのあいだくすんくすんと泣いた。おさえてもおさえても涙が出てくる様子だった。私はちょっとうらやましかった。私にはママがいなくて、パパが死んだことをこんなふうに吸い取ってくれる人はいなかった。

もちろんあざみさんは戦友だけれど、お母さんと思うには年が近すぎたし彼女の被害が大きすぎた。ただひたすらにいっしょに泣いただけだ。

でもそれはあざみさんがこれまでオープンにむき出しに生きてきたから得られた勲章なのだ。私は、人目を気にしておっかなびっくりやってきた自分を反省さえした。ほんとうは失うものなんか昔からとっくになかったのに。

「大事な人が亡くなったときには、悲しくてしかたないのは、どうしようもないんだからね。そしてそれはみんなに必ず来ることなの。」

とマサコさんは言った。

「だけど、あなたには生きている人たちがいるでしょう。あなたを愛している人たちのために、しっかりして。」

そして私を見た。

あたりまえのことをあたりまえに言っているだけなのに、彼女が言うとどうしてこんなにすてきで、しかもずっしりと響いてくるのだろう、と私は思った。

それはマサコさんがほんとうに思ったことをただきちんと言葉にしているからだと思った。彼女に比べたら私はずいぶん無駄な言葉を垂れ流していると思った。

子供たちはみんなスタジオを去り、泣いたままで私たちはリビングに導かれた。

リビングと多分寝室と小さなスタジオしかない家なのに、豊かな空間を感じた。

窓の外の植物が家を抱きかかえているようだからだろうか。

ハワイにいると、人間はいつだって抱かれているんだと思う。世界に抱かれることはただ甘いだけではない。死も含めた大きな明け渡しの中で、くるまれているのだ。人を救うために勇敢にひとり嵐の海に去って行き波に飲まれた有名なヒーロー、エディ・アイカウでさえも、きっと彼の愛した海に最後まで抱かれていたと感じることができる。ひとかけらの悔いもない希有な死が見える。

あざみさんはすっかり泣きやんで、海からあがったあとの小さい女の子みたいにすっきりして見えた。そしてすぐに甘えた声で、

「おばさん、卵焼き作ってくれる？　私の義理の娘にも食べさせてあげたい。だってもしもおばさんが死んでしまったら世界中どこでも食べられないすごいおいしさなんだもの。」

と言った。

「あんた、あたしよりも卵焼きのほうが恋しくなるわけ。」

マサコさんは低い声で言ってげらげら笑った。そうしているとただの気さくな日本人のおばさんなんだけれど、目が違った。彼女は深くて遠くて静かなみずうみみたいな目をしていた。真っ黒な空に光る星みたいだった。

大きなウッドデッキにはきれいなプルメリアの木がからみついているように近くにあった。そこからも甘い匂いがしていた。

「その前に、おばさん、なにか踊って。」

あざみさんは言った。

その「おばさん」という言葉の響きには「オンマ」と韓国の子が甘えるときのような生々しさがあった。ふだんあまり人に甘えることがなく、自分のご両親には敬語で話しかけるというあざみさんのそんな姿に少し驚き、甘ずっぱい幸せを感じた。

「あんたが踊りなよ。まず。」

マサコさんは言った。

彼女は大きな葉が描いてあるムームーみたいなのを着ていたが、布地が厚くて高級そうだった。彼女が動くたびに植物が呼吸するように見えた。普通の人とはふだんの動きから違うのだ、とわかる。むだがなく、てきぱきと動いているのに角がなく丸くゆるやかな動きに見える。

「このあいだ練習してたってメールに書いてあったから、忘れてないよね？」

マサコさんは言って、ステレオに向かって行き、ＣＤを選ぶと大きな音で音楽をかけはじめた。

すぐにイントロが始まり、あざみさんは着替えもせずに踊り始めた。

あざみさんが踊りだすとまわりの空気も表情も切り替わるので、私もいつもながらはっとした。あざみさんが動くごとにたくさんの花が見えるようだった。香りもしてくるし、その量も形もめくるめく勢いとそして不思議なゆるやかさで伝わってくる。

その裸足の足は床をなでるように動いてゆく。

ふっと気づいた。

マサコさんの家の壁にはたくさんの家族の写真がきれいなフレームに入って飾られてい

る、小さい頃のあざみさんもいる。おかっぱで内気そうでかわいらしくて私は微笑んだ。そしてもう一種類、子供の古い写真が何枚もある。あるところからその子供は成長してない。写真が陽に焼けてどんどん古くなっている。この古さは最近ではない、きっともっとずっと昔だ。

もしかして、と思った。この子供はこれ以上大きくなることはなかったんじゃないかな、と。

曲が終わり、軽く踊った感じで、あざみさんはおじぎをした。

とても細かくニュアンスをつけて踊っているしずっと中腰なのでほんとうは軽くないのだが、あざみさんが踊るとちょっと体をゆらしただけ、というふうに見える。ほんとうのフラは腰がふらふらすることもなく、上半身がくねくねすることもない。ただ風が吹いていったただけという感じだ。セクシーになりすぎることもない。木になっているマンゴーが丸くて官能的だというような、花が咲いていていい匂いがしてちょっとふらっとするような、淡いセクシーさなのだ。

「ねえ、もういいでしょ。おばさん踊ってよ。」

あざみさんは勝手にＣＤの棚のところへ行き、曲を選び出した。

そしてきれいな女の人が写っているジャケットのCDを取り出した。

「覚えてるかしらねえ。最近は子供たちに教えるだけで。あたしクムフラでもないのにねえ。」

マサコさんはそういうふうにぶつぶつ言ったが、すっと立ち上がった。

彼女が立ち上がったとき、とても妙な感じがした。空気がふるえたような、風が吹いてきたような。私の中で何かがすでにゆれはじめたのがわかった。

あざみさんがCDをかけた。

その甘い声を私はどこかで聞いたことがあったけれど、なんだかぎゅっと抱かれるような感じがした。この世のみにくいことたまらないことが外側にあっても、自分の内側が大丈夫だったら大丈夫、そういう気持ちになる声だった。

そして歌の意味に合わせてマサコさんはゆっくりと波の形をその細い腕で作った。私はそこが急に静かな砂浜に変わったのを感じた。波が寄せてくる。

微笑みを浮かべているのに涙をそっとこらえているようにも見えた。

なぜか私まで突然涙が出てきた。全然悲しくないのに、どんどん涙が落ちてきたのでびっくりした。なんでだかわからない。

この家にかつて子供がいて、なにかとても悲しいことがあって、今はもういない。その子が歳を重ねることはない。

子供の服を洗濯してもだれも着る人はいなくなってしまった。

おもちゃはそこに置かれたままだれも手に取ることはなくなった。

毎日毎日親たちは泣いた、もう涙がしぼりつくされてもまだ泣いた。なにを見ても泣いて、もうあの子に会えないなら死んだ方がましだと思った。なにもしたくない、そう思った。

そういうことが感じられた。

そしてそのあとに、小さい救いがあった。

かつては少女だったあざみさんがやってきて、また家に子供の声が響き始めた。それはマサコさんの心をうんとなぐさめたのだが、失ったものは戻ってこないから、面影が重なって切ないこともあった。それでも子供のタオルを乾かしたり、寝ている子供のおでこの汗をふいたりすることがとても幸せだった。マサコさんはどちらの子もあふれるほど愛した。そしてなにもかもを受け入れて、みんなみんな踊りの中に飲み込んでしまおうと思った。

大きくなって巣立って行ったあざみさんも今はここに住んではいない。それでもこのあたりの景色は変わらず、海もいつもそこにある。あの死んだ子供がいたときも、いなくなったときも、あざみさんがいたときも、いなくなってからも。

そのことでマサコさんはいろいろなことを感じる。

いろいろなことを知った。

子供の服が小さくなってしみだらけになって穴があいてカビも生えて、それを無造作に捨てることができることはすばらしいことだ、思春期になって少し心閉ざした子供を憎たらしく思い、小さい頃を懐かしめるのはこの世でいちばん嬉しいことだ、そういうことを。

会っているときはそんなことはおくびにも出さない、だって生きているってそういうことだから……簡単に言葉にするとそういうことなのだけれど、そのイメージは固まりとして胸に入ってきたのだ。この世にはない言葉を使って描かれた小説を読んだみたいだった。

そして勝手に胸の奥から失われたものの香りがたちのぼってきて私を泣かせたようだ。

マサコさんの家のほこりっぽい床の上に私の涙が落ちていった。それでも私は目が離せなくて、時間が過ぎて行くのを惜しいと感じた。踊りが終わったら、マサコさんは感情でいっぱいの、日常を生きている人間に戻ってしまうが、今は時を超えて存在している永遠の命、踊りの精なのだ。

だれのために泣いているのか私はわからなかった。

でも会えなくなってしまった人たちのためになのだ、ということはわかった。

会えないことにはふだん気づかないけれど、神様が髪の毛をそっとなでたみたいな、今のようなときに気づくことができる。すばらしい踊りを見ているときはっと気づくことがある。今は一回しかないんだということ、そして今はもう会えなくなった人がだれにでも必ずいるということ。

静かに踊りが終わって、マサコさんの微笑みは仏像のような静かな微笑みからきらきらした元のマサコさんの笑いに戻った。

「どう？　踊りは落ちてない？」

マサコさんは言った。

私が「すばらしかったです」と涙をぬぐってとなりのあざみさんを見ると、彼女も大泣きしていた。涙をだらだら流しながらも目を見開いて踊りを見ているので、変な顔になっていた。

私も泣いていたのに気づくと、あざみさんはますます止まらなくなったみたいで、私の肩に顔をうずめた。それを見て私もいろんなことがもっともっと悲しくなってきた。

私がいつか結婚して子供を産んでもパパにもママにも見せられないんだ。道行くたいていの人に帰る家がありパパやママがいて、人によっては四十や五十になっても親がいるのに、どうして私だけこんな変なことになっちゃったんだろう？　ひどすぎやしない？　他の全てがこんな平凡な私なのに。

ふだんは押し込めてあまり感じないようにしていたそんな気持ちが奥からどんどん外側に出てきた。

ふたりは抱き合っておいおい泣いた。床に涙が落ちて、それを冷静に見ている自分もいるのに止まりはしなかった。ものすごく笑って床を転げ回ることと、大泣きして腹筋が痛くなることはきっと似たことなんだ、と泣きながら私はぼんやり思った。

「そんなに泣かないの。まあ涙も薬だからね。涙の中には悲しみが溶けていて、体の中で毒が固まるのをふせいでくれるのよね。」

しばらくしてマサコさんは言った。

マサコさんがとっても偉大だと思ったのは、泣いている私たちをしばらく黙って泣かせてくれたことだった。私だったらきっとすぐになぐさめてしまっただろうと思う。

そして今ならもしかして泣きやめるかも、と思う絶妙のタイミングで声をかけてくれた。人の心の内側がレントゲンのように彼女には見えているのかもしれない。

「だって。」

あざみさんは言った。そしてお茶をいれてくる、とものすごい鼻声で言ってすっと立ち上がってキッチンへ行った。

この人はいつでもここに戻ってこられるんだな、と少し淋しいような気持ちになっていたら、マサコさんが言った。

「あの子は親はいないしだんなは死ぬしほんとに家族運がないけど、こんなかわいい義理の娘ができたら安心だね。神様はちゃんと見てるものだね。」

え？　家族運がないって？　だってあざみさんのパパもママも健在じゃないですか？と思ったけれど、聞いてはいけない気がして、私は聞かなかった。

「繊細すぎるのよ。」

マサコさんは言った。

「なにをしても青くなったり、赤くなったり、見ていられなくてフラを教えたんだ。小さい頃のあの子は、きゅうりみたいに青くて細くて顔色も悪くて、全然いただけなかったよ。体の動きと頭の動きがばらばらで、大きくイメージすることもできない子で、ハワイの子供たちと全然違ってびっくりしたよ。今はまあちょっとはいい線行ってるんじゃない。」

それもまた、私の知っている繊細ではあるが強くて鷹揚《おうよう》な面もあるあざみさんとは少し違っていた。

倒れてから数日であっという間に逝ってしまったということもあるが、パパの看病をしている間、あざみさんは一度も弱くなることも、精神的に不安定になることもなかった。病室で窓の外を見ているときだけ、遠いきれいな空に飛んで行きたそうにしていたけれど。

そして病室でも踊っていた。最後の日のパパはそれをうっとりと見ていた。天女を見るみたいな目で。パパは死ぬとき、きっと時間がなくってごはんの途中でレストランを出る人みたいな気分だっただろうと思う。

それは、あんなにつらい時間だったのにこんなに美しい思い出になるなんて、なんだかずるい。

「いろいろあったから、しかたなくなんだろうけれど、かなり強くなったよ。」

と言いながら、あざみさんは三人分のお茶を持って戻って来た。カップは大きなマグカップでいろいろな絵が描いてある。アメリカっぽいお茶の仕方だ。

「あざみさんは昔から強い人だと思っていたけれど。」

私は言った。

あざみさんとマサコさんは吹き出してげらげら笑った。

「強くない時期もあったのね。」

その様子を見て私は言った。

「そうそう、私、就職って、一回だけしたことがあるんだけれど、いじめられて自殺未遂したんだよね。」

笑いながらあざみさんは言った。

「あざみさんも?」

思わず私は言った。

「『も』って何よ、あんたじゃなかったら怒るわよ、その言い草。」

あざみさんはそう言ってまた笑った。

「ほんと、オハナちゃんは素直なんだから。」

「いや、今、私の中で今ひとつわからなくてずうっと解けなかったミステリィの最後のヒントが届いたのよ。パパはそういう、不安定だけれどとっても強い女の人にひきつけられる男だったんだね。」

私は言った。

そんなパパが愛おしい、そう思った。

「きっと、隠しても、立ち直っていても、わかってしまうんだろうね。生きるのに不器用な人が好きだったんだろうね。」

あざみさんが言った。

「要するに、生きるのに不器用な人をセクシーだと思ったんだろうね。」

マサコさんが言った。

「オハナちゃんを見ていると、しっかりしてる分だけ、オハナちゃんのお母さんがどういう人だったのかが見えてくるよ。何回か会ったことがあるけれど、オハナちゃんのお父さんは、そういう女性を放っておけないたちの人だったかもね。」

「それで、もう就職するのやめて、日本のハラウに入って、そこではなぜか友達ができたので、友達のつてで踊ったりバイトしたりして、なんとかなったんだけれど。友達の店もまるで日本にあるハワイみたいで、行けばだれかがいて笑顔があって、なんとなく助け合えるんだよね。こんなふうでいいんだって思うんだ。」

あざみさんは言った。

マサコさんは当然のこと、というようにうなずいて、卵焼きを作ってやるか、と言いながらキッチンのほうへと歩いて行った。

泣きつかれた私たちはぼうっと庭を見ていた。

向こうではマサコさんが卵焼きを作っているじゅうじゅうという音と、バターの匂いがしてきた。その匂いをかいだら急におなかがすいてきて、それが生きているということ。かきたてられる欲望は命が燃えているということ。みんなで食べるごはんは命を養う大事なもの。気持ちを切り替える大切なきっかけ。

ホテルに泊まってずっと外食していたら忘れそうだったことを、その守られているようなリビングで私はかみしめていた。

その日、おいしい卵焼きを食べて、いろいろ話をしたのに、私はついにマサコさんに聞けなかった。お子さんを亡くしたことがあるのですか？　とは。きっと聞けばなにか答えは返ってきただろうと思う。隠し事はしない人だと思った。それでもそのままにしておきたかった。踊りで充分表現されていた。

なにも聞かなかったけれど、なにも言わなかったけれど、なんとなく私はマサコさんが私がそういったいろいろなことに気づいていることを感じているように思えた。はじめは少し用心しているようなまなざしが、しだいにあたたかくなってきたからだ。自分の育てた子が、いい友達を作っていてほんとうによかった、そういうようなまぶしく優しいまなざしだった。

みんないろんなことがあるんだな、と言うと単純にすぎるだろうか。

そのくらい単純でいいのではないだろうか。

いつかみんな天国で会えるかな、そのくらいではだめだろうか。

せめてそう思えるくらいには、現世がきらきらしていてもいいのではないだろうか。

マサコさんの家を出てしばらくしても、花の香りやスカートのすそや家の中の温かい内装やなにかの面影が消えなかった。

私は大事な花を抱くように、それをそっと持ってホテルまで帰った。ホテルの味気ない部屋に花を飾るような気持ちで胸の中の明かりをそのまま保ち続けた。

マサコさんは毎日家の中のものに愛情をこめて話しかけているから、きっとマサコさんが淋しいときは家の中のものたちが彼女をなぐさめるだろうと思った。

もうなにもこわいことはない、恐れることはひとつもないのだとマサコさんの踊りが私に教えてくれたような気がした。

踊りってなんだろう、と私は思った。

きっと世界に対するもの。人間に見せるためのものではないということはわかる。でもどうしてこの人たちが悲しいことを体験すればするほど、踊りはよくなってしまうんだろう、なんだかそれは残酷なことに思える。

あざみさんに聞いてみたら、ちょっと眉をひそめて、

「人間はなまけものだから、きっと放っておくとどんどんだめになってしまうから、たまにスパイスがきいたことが起きて、きりっとなって、踊りもよくなるんじゃない?」

とこともなげに言った。

あざみさんの知り合いに事故で車いすになってしまったフラダンサーがいて、始めは事故にあったことをなげいてばかりいたのだけれど、やがて手と上半身だけで踊ることができるようになり、足が動いたときよりもうまくなっていった人がいるという。

「彼女がいっしょにレッスンに出ていると、どうしてもみんな始めは緊張したり申し訳なく思ったりしたけれど、そのかわりグチは出なくなったね。そしてだんだん踊るのは楽しいって、一瞬でも多く踊っていたいって、そう思うようになってきたの。彼女がみんなの中のなにかを変えたんだよね。」

あざみさんは言った。

「きれいごとだってみんな言うけど、そんなセリフはきれいごとがほんとうになるくらいまで生きてから言いな、って思うよ。私がそうだっていうんじゃなくって。人に強さを期待してつぶしちゃうのは簡単だもの。」

「それは私とパパがママにやっちゃったことかも。」

私は言った。

「あそこまで弱ってるとは知らなくて、どこか無邪気だったかも。残酷だったかも。」

「違うよ、身内はいいんだよ。オハナはいいんだよ。オハナって、名前のほうじゃなくって家族のほうの意味ね。まして子供はただ生きているだけでいいんだよ。それだけで人にいろんなものをあげてる存在なんだから。」

あざみさんは笑った。

「そのかわいい名前をつけたとき、オハナちゃんのママはどう考えても死ぬ気ゼロだったと思うよ。」

それを聞いたら、私の胸のうちのどこかがほっとゆるんだのがわかった。ぎゅうとつかまれていたものがゆるんで、ふわっと何かが流れ出して、だれかにゆるされたような、そんな感覚だった。温かいお湯のようなものが全身をゆっくりとめぐった。


ホテルに帰って、夕食までの時間を音楽を聴きながらくつろいでいた。

メイキングされたベッドの上にはチョコレートがあり、あざみさんの香水の甘い匂いが部屋にほのかに漂い、照明は薄暗く、少しだけ開けた窓からは波の音が聞こえていた。

ハワイの夜はいつだって少し切ない。

自分の家にいない気持ちと時差ぼけとあまりにも海が近いことでなんだか宙に浮いているような、きれいで淋しい夢の中にいるみたいな感じがする。

波の音と、あざみさんの波打つ髪の毛があまりにも同じ感じを出していて、私は泣き出しそうになった。

きっと私たちはこれからちょっと化粧を直して、ほんのちょっとましな服に着替えて、香水をつけて、レストランに行ってワインを飲んで食事するだろう。それがわかっていて今はくつろいでいて、永遠かと思うくらい時間がぽたりぽたりと滴を落として、ゆっくり過ぎている。

そういう瞬間は人生でいちばん幸せな、貴重なもので……。

そして、それがすてきな偶然でこわれるところを見るのもなぜか大好きだった。

まさにそのとき、ノックの音がして、

「ベッドメイクはもうすんでるはずなんだけどな。」

と言って踊るようになめらかな仕草で立ち上がったあざみさんがドアのところに立ち、のぞき窓をのぞいたあと、

「どうして？」

と言ったのだった。

「だれか来たの？　マサコさん？　お友達？」

私は言った。私のほうは知り合いが来るあてはない。そのときのあざみさんの動揺ぶりを見て、もしかして今つきあってる人がいて、東京から追いかけてきちゃったかな？　と思った。でも、不器用なあざみさんにまだそんなことができる気はしなかった。じゃあ向こうが惚れて追いかけてきた？　そう思った。

「すごく懐かしい人が来ちゃった。」

戻ってきたあざみさんはかなり動揺した様子で言った。

「でも、オハナちゃん今くつろいでるよね？　下でお茶して話してこようか？」

「もしつもる話があるなら、それでもいいけど、問題なかったら、入ってもらって全然いいよ。男の人でも。」

私は言った。

「そう？　じゃあ、ええと、入ってもらうね。紹介したいから。」

いつになくしおらしげにあざみさんは言った。

「昔の恋人なんです。」

「ひゃ〜、緊張しちゃう。」

私が立ち上がると同時くらいに、

「やあやあやあ、女の子の部屋はいいね〜！」

と言って、そのおじさんは入ってきた。

おじさんというか、おじいさんだったのでちょっとびっくりした。

アロハシャツを着て、がりがりに痩せているのに肩の筋肉はたくましく、鼻の下にちょびひげをはやし、白髪のオールバックだった。

「ハワイの日系人」というタイトルをつけたくなる人だな、と思って私はぷっと笑った。

「そうだよ、おじさんはハワイの日系人なんだ。」

とそのおじさんが言ったのでびっくりした。

「おじょうさんの考えてることくらいみんなわかるよ、もう七十になるところだからね。」

彼は言った。

「あのね、この方は山本さん。私の初恋の人なの。」

あざみさんはめろめろになっていて、嬉しそうに幸せそうに言った。

「残念ながら君のパパに取られちゃった。」

山本さんは言った。

「うそ、だってね、オハナちゃん、山本さんね、私と別れたあとすぐにね、十六歳のお嫁さんをもらったんだよ。許せないよ。」

　あざみさんは言った。

「それはさ、男の夢だよ、しょうがないよな。でも七十になるとさ、四十歳くらいの女の人がいちばんいいね。いちばんいいんだよね。あざみもなかなかいいゾーンに入ってきてるぞ。」

　山本さんはつぶやいた。

「私はもうそんな言葉には絶対ひっかからないよ。だって山本さんハワイから絶対に離れないんだもん。それにつきあっても必ずまた若い子にひっかかるもん。」

「だってハワイと若い子が好きなんだもん。」

　山本さんは言い返した。

「この世でいちばん好きなものなんだもの。」

　私はどうふるまっていいかわからなくてあっけにとられていたけれど、なによりもこんなに幸せそうなあざみさんを見るのが久しぶりで、ただそれが嬉しかった。パパがいなくなってから、男の人に寄りかかっている感じのあざみさんを見ることがなかったのだ。自然に、柳の木が揺れるみたいに大胆に男の人を好きになれるあざみさんがうらやましかった。

「山本さん、私ね、未亡人になっちゃったの。」

あざみさんは言った。

「マサコに聞いた。」

山本さんは深くうなずいた。

「寿命はしかたないよ。」

その一言にはいろいろなものを見てきた人の深みがあった。あざみさんは涙をこらえながら、

「でも娘ができたの。オハナちゃんっていうのよ。」

と私を指さした。

「ずいぶん大きな義理の娘だなあ。でもよかったなあ。すてきなものが遺されてなあ。あざみちゃんは子供ができにくい体質なんだよな。それは残念だったけれど、この子がいたらもう大丈夫だね。」

山本さんは言った。

「オハナちゃんはいくつ？」

「二十二になります。」

私は言った。

「それにしては色気に欠けるなあ。まあ、あざみもこんなもんだったからなあ。悲観することはないよ。いいお尻してるし。あのさ、日本の子たちを見ていても思うんだけれど、若さっていうのは、こぎれいなことじゃなくて、ぎらぎら燃えているものなんだよ。わかる？　もっと燃えていいんだよ。」

山本さんは言った。いやらしいことを言ってもちっとも感じが悪くないのは、その星みたいな目のせいだろう。マサコさんと同じ目をしていた。黒目が漆黒で、はるかに遠い宇宙を思わせた。

「これからごはん食べに行くの、いっしょに行かない？」

あざみさんは言った。

「おお、いいねえ、ごちそうするよ。」

山本さんは言った。

「いいよいいよ、私こそごちそうする。来てくれたの嬉しかったから。」

あざみさんは言った。

当然のように遠慮をして私は言った。

「もしよかったらおふたりで出かけてきてください、私はルームサービスでもいいし、疲れてるから休んでもいいし。」

「なに言ってるの？　オハナちゃん、あなたが来なくて私が楽しめると思う？」

と大まじめにあざみさんが言い、

「そうだよ、若い美女ふたりとごはんを食べに行くのがいいのさ。オハナちゃんが来ないんなら俺たちも部屋に残ろう。俺のおごりでいいシャンパンとつまみでも取ろう。すぐそばにベッドがあればふたりともその気になってくれるかもしれないし。」

と山本さんが言った。

「だめだめ、やっぱり部屋を出なくちゃ。あぶないったらありゃしない。」

あざみさんは笑った。

私はちっとも気を遣ってもいじけてもいなかったのに、ふたりが同時に示してくれた温かい気遣いだけは嬉しくしみてきた。乾いた地面に雨が降ったときみたいにものすごく深いところにさあっとしみてきたので、びっくりした。

そうか、ここではちゃんと仲間として私は受け入れられているんだ、そう感じた。マサコさんにもそれを感じた。そんなふうに人に接することができる人がこの島にはいる。もちろんそうでない人もいる。お金が全部の人、この島を食い物にして生きている人、いやしい目の人だってもちろんたくさんだ。

でもこんな素朴なきょとんとした目で、なんでいっしょに来ないんだと言える彼らは、この島のかけらをいつも内側に抱いている同じ魂の人たちだと感じた。

「なんでふたりはそんなに優しいの?」

私はたずねた。

結局着替えてみんなでステーキハウスに出かけたのだった。山本さんは当然口で言っているよりもずっと紳士で、私たちが着替える段になると「ロビーにいるよ」と言ってさっと部屋を出て、ステーキハウスに予約の電話を入れておいてくれた。

「私までさそってくれて、とても嬉しかった。」

「それはフラをやっているからかなあ。」

あざみさんは言った。

「フラをやっていたらさ、山本さんと私はどっちにしても楽しくしゃべれるけど、オハナちゃんがひとりで部屋にいることのほうがつまんない、そう思えるのかも。もちろんほんとうに来てほしくなかったり、オハナちゃんが来たくないと感じたらさそわないけど。そういうことがだんだんわかるようになってくるのよ。その場で最善のことはなんだろう、っていうことが。」

「ふたりで会ってもやらせてくれるわけでもないから、それだったら若い女の子がふたりいるほうが幸せだよな。」

山本さんは言った。

ふたりは全くちぐはぐなことを言っているのに、どうしてだか全く同じ光が感じられた。きっとこれがいっぱいあったら、自殺はしないんだろうな、というような光。なにか悲しいことがあってひとりでいる必要があって、ベッドの中で泣いているときでもきっと消えはしないだろう光が。

ステーキハウスのライトは薄明るく、店は信じられないくらいに広く、まさに私が思い描いてきたアメリカのレストランだった。昔両親と一回だけ来たことがある、有名なお店だった。

「そんなにすばらしいものなんだ、フラって。」

「やればいいのに。」

あざみさんが言った。

「今から?」

私は言った。

「台湾で?」

「まあ、どんな道を通ってもいっしょさ。」

山本さんは言った。

「英語を習得してなくても外人と人としてちゃんと交流できる人はいっぱいいるだろう? フラは英語のようなもので、もし違う道を通っても、ちゃんとたどりつく人はいいところにたどりつくのさ。そこは孤独だけれど、どうしてか光がいっぱいあるいいところなのさ。」

「いいこと言うわねえ。」

あざみさんはしみじみと言ったが、そこにはもう恋心はなく、ふたりはもう終わっているのだな、と私ははじめてほんとうに思った。

そして男の人に素直に甘えているあざみさんを見ていたら、涙がこぼれてきた。

「なに泣いてるの？　山本さんがあまりにもお下品だから？」

あざみさんは大まじめに言った。

「なんか山本さんとしゃべってるあざみさんを見たら、パパがいた頃のこと思い出してしまって、ごめんなさい。失礼しました。」

私は言った。

「いいんだ、いいんだ。親が死ぬのはあたりまえだが、たまらないことなんだ。だれにとっても。」

山本さんは言った。そして私の肩を抱いた。おじさんの匂いがしたし、おじさんの整髪オイルの匂いもしてきた。それがまたパパを思い出させた。それから生暖かい体温と乾いた人肌の感触。でもちっとも気持ち悪くなかった。あざみさんが、

「そういえば、私もなんだか懐かしいし、恋しい感じがして、ずっとなんともいえない気持ちがしてたの、そうだったのか。」

と言って泣き出したので、山本さんはあざみさんの肩も抱いて、

「両手に花だ。」

と言った。お店の人が大丈夫ですか？　と言いにきたとき、山本さんは、

「いいんだ、この子たち、親を亡くしたばかりなんだよ。ステーキを出すのをあと十分だけ遅らせてやって。」

と言った。ちょっとはしょってあったが、真実だった。お店の人は優しくうなずいて去って行った。

それで私たちは山本さんの細く固い体に顔を埋めてしばらく泣きじゃくった。ここでなら泣いてもいいと言わんばかりにがつがつして、しぼりつくすみたいに泣いた。

なんで時間は過ぎてしまうんだろう、どうして愛する人はみな逝ってしまうんだろう。私はどうしてそれに対してなにもできないんだろう、自分が死ぬときもこんなにだれかを泣かせるのかな、なんでそんなふうになってるのかわからない。過ぎて行くには美しすぎるこんないろんなことが。朝の光が生まれたての子供たちみたいに見えるような、一回しかない組み合わせでいろいろなことが虹色に輝いてははじけるしゃぼん玉のような、それをただ見ているしかできない、はかない自分が。

それが私の二十代前半のすてきなオアフの夜だった。なにもかもなくしてぼろぼろでよれよれなのに、幸福なディナーだった。

「ねえ、ほんとうにデートしなくてよかったの?」

私は聞いた。

「したかったら言うし。」

あざみさんはもうけろりとして美白パックをしていた。

「ねえ、どうしてハワイの人たちはそんなふうに人を仲間に入れてあげられるの?」

私は言った。

「だれにでもっていう訳じゃないからじゃないかなあ。」

あざみさんはちょっと考えて言った。

「人との距離の取り方が適切なんだよ、きっと。」

「ふうん?」

私は言った。まだぴんとこなかったのだ。

「日本では、わりとみんながよく知らない、会ったことのない人にものすごい相談事してるじゃない。TVとかで。カウンセラーにじゃなくって、芸能人とかに。夫の浮気だとか、姑がどうした、とか。見知らぬ芸能人に言えて、なんでだか身近な人に言えないっていうことってあるよね。あれがまず不思議でしかたなくて。」

あざみさんは言った。

「多分ハワイにはそれはありえないような気がする、だってもっと身近に相談できる人が何人か必ずいるから。この人にできなくてもあの人、それでもだめならその向こうのあの人っていう感じに。もちろんだめな人もいるけれど、みんなに相談されるようなおばあちゃんはたいていい人とそういうことに関してうわさ話をしたりしないし、ただ甘えてぐずってもぴしっと言われるから変なことにならない。」

「ああ、そういうことか。」

私は言った。

「それにこっちでは、焼きもちもももめごとも、やるときは相手の命をとるまでとことんやるからね、呪いとかたたりとかいっぱいあるし。いいところばっかりじゃあもちろんないよ。でも、なにか大きなものを形だけじゃなくって畏れているから、人のつながりもかなりしっかりしてくる。それにさ、このきれいな世界の前で、おかしくなれる人のほうがまともじゃないよ。昔は人ってそんなふうに人に話して普通に解決していたんじゃないのかなあ? そんなにきれいごと言っている気がしないんだけれど。私。」

このきれいな世界、と言ったとき、あざみさんが右胸の前で合わせた手の平の片方を、半円の形にして左に開いた。私はそれに見とれて、今日会った人たちのことを素直によく思った。それから今日見た光、波打ち際の海亀の甲羅がつるつるに見えたこと、マサコさんの家の花々、そして山本さんの固い胸板の匂いなんかを子守唄にしてうとうとと眠りについた。きっと夢の中まで、しびれるように甘いゆったりした風が吹いてくるだろう、と思った。

これから私は台湾に行って、あのごちゃごちゃした雑踏の中で、きっといろいろなことを勉強して、泣いたり、笑ったり、いろんな人の足に触ったり、具合悪くなったり、朝の街で豆乳を飲んだり、小龍包《ショウロンポウ》を食べたり、市場に行って買い食いをしたり、おしゃれをしたり、お化粧したり、友達を作ったり、恋をしたり、いじめられたり、歯を食いしばって耐えたり、夜中にひとりで泣いたりするのだろう。

そしてまた日本に帰ったり、ハワイにも来るだろうし、あざみさんとも数えきれないくらい会うだろう。

新しいことが始まっていた。いつのまにパパとママを思い出の霧の中に置き去りにして。気づいたらこんなに遠いところまで来ていたんだ。私はどう考えてもまだ若くて、親の死以外の全てのことがこれからいっぱい待っているのだ。短いはずの人生のあまりの大きさにくらっとした。

最後の午後なのでビーチでゆっくりしよう、とホテルの前でタオルをしいてごろごろ日焼けしていたら、向こうからマサコさんがやってきた。

それを私はうとうとしながらなんとなく眺めていた。

なんだかすてきなおばあさんが洋服のままでビーチを歩いてくるなあ、と思ったらマサコさんだったのだ。あまりにも自然にすたすたと歩いてきたので、私は彼女を景色のようにとらえていた。急に起き上がることもなく、手を振ることもなく、ゆっくりと起き上がって微笑むのでちょうどよかった。

「あざみは？」

「今泳いでます、あそこ。」

私は指さした。

黄色いビキニのあざみさんは沖に向かってクロールで本気で泳いでいた。

「まあ、小娘みたいに本気で泳いでからに。」

マサコさんは笑った。お母さんの笑顔だった。

「これさ、いっしょに食べようと思って持ってきた。今飲み物を買って山本さんも来るよ。」

あたかも待ち合わせしていたかのような自然さで、マサコさんは浜辺に座った。

丸いバナナケーキがかわいい柄の紙ナプキンに包まれていた。あのおいしい、まっ黄色の卵焼きもあった。パパイヤもあったし、レタスとチキンのサンドイッチも入っていた。みんな大きなサイズでマサコさんの手作りだった。

ケーキをすすめられてつまんでみた。

しょっぱい水の味がする口の中に、甘いものが入ってきて脳みそまで溶けそうになった。泳いで冷えた体がふんわりとゆるむのがわかった。

「これがまたあの子の大好物で、いくら作っても飽きたっていうことはないんだ。あの子のふるさとの味かもしれない。」

マサコさんは言った。砂の上に彼女のスカートの赤いハイビスカスの柄が風に流れるように波打っていた。


ケーキを食べながら、パパのことを考えた。

今日の前にあざみさんがいないので、涙ぐんでも大丈夫だからだ。

パパはなにかを知っていたかのように、発作が起きる前に数日間失踪していた。すわ浮気か、と始めは平静を装って私に連絡してこなかったあざみさんも、二日目になって電話してきた。

「パパが戻らないの。もう二日も。」

あざみさんは言った。

「なんでもっと早く連絡くれなかったの?」

私は言った。

「浮気の家出だったら、みじめだなあ、オハナちゃんに合わせる顔がないなあ、と思って。」

あざみさんは電話の向こうでくっという音をたてて泣いた。

「それよりも心臓発作かなにかでのたれ死んでるのがこわいよ。」

私は言った。

今思えば冗談は予言の匂いがしたけれど、その時はあくまで幸せな冗談だった。

「でも携帯電話持ってるだろうし……。」

「それが、置いて行ってしまっているの。」

あざみさんは言った。

「家出かなあ。でも性格的に、そのままにして家出っていうことはないと思う。」

私は言った。パパは自分がママの自殺でたまらない思いをしているので、人にたまらない思いをさせるのがとても嫌いだった。

「連絡が取れないだけだよ。もう大人なんだし。帰って来るよ。」

私は言った。

「いっしょにルビーパレスでも行って、思い切り垢《あか》を洗い流して、気をまぎらわさない？」

私今とっても寝不足で、今から奮発して行こうとしてるところだったんだけれど。」

「うん。行く。なにもかもがどうでもよくなるまで体をこすられたい。」

あざみさんは言った。

実際にその日、私たちはサウナにしっかりと入りに行った。電話も持たずすっぱだかで過ごした。連絡がないことを心配することもできないように。それでふたりで垢すりに行って体中をごしごしこすられ、もまれ、逆さにされ、泡だらけになって髪の毛まで洗ってもらった。それからさんざんお風呂に入ってゆるみきって、つるんつるんのお肌で近くのお店に焼き肉を食べに行った。

「うんと悲しいときにこれ以上にすっきりできて忘れられる方法はないね。」

あざみさんがやっと笑顔になった。

肉をじゅうじゅう焼いている、その最中にパパから連絡があった。

網代《あじろ》にいて音信不通だったおばさんが見つかり、どうしても会いに行きたくなって、携帯を忘れて会社からそのまま行ってしまった。いつも携帯からかけているからあざみさんの電話番号を暗記していなかった、心配かけてごめん、ということだった。

どうしてだか、今すぐに、ひとりで行かなくてはと思って、ふらりと行ってしまったんだよ、ごめんなさい、とパパは私たちにあやまり、そしてその夜、あじの干物といかの塩辛を買って、移動の疲れでよれよれになって帰ってきた。

私たちは「疑わしきは罰せず」と言い合って、パパのことを追及しなかったのだが、パパの様子はとうてい浮気してきた人には見えなかった。泣き疲れた小さい男の子みたいな、しかもとても情けない様子に見えたのだった。

いったい何があったのだろう、と私たちは思ったけれど、パパは幼い頃に母親に先立たれているから、もしかしておばさんという人がとても懐かしかったのかもしれないね、と言い合った。

そのおばさんのことは私も聞いていた。私のおばあちゃんにあたる人の妹なのだが、家族との折り合いが悪く十代で家を出てしまったのだ。唯一仲がよかった私のおばあちゃんが死んだあとはだれともほとんど音信不通になって熱海《あたみ》のスナックに住み込みで働いていたらしいのだが、だんなさんを亡くしてひとりになり、実家の人たちがまとめて静岡市内に移住してからは地元の網代に帰ってきて、もともと実家でやっていた小さなパン屋をやりながら静かに暮らしていたそうだ。

パパはものすごいマザコンで、母親は自分の理想の女性だといつも言っていた。

だからおばあちゃんの妹であるおばさんに急に会いたくなっても、私たちに言いにくくて面倒くさくて連絡を飛ばしたかったのかも、とあざみさんは言い、気にしなくていいのにね、と笑った。

そうしてはにかむみたいに笑ったときにあざみさんは完全にゆるしているな、と思った。とげとげしたものがない笑いだったのだ。むだなくらい大らかで深情けみたいなものを感じさせ、余裕やユーモアがきらきらとこぼれだしていた。

いちばん夫婦の関係が丸くよくなっている時期の人妻の、鷹揚でまったりとした顔だった。忘れられない。せっかく育てて開いたお花みたいなものだったのに、当分見ることはないのだ。

パパが死んでお葬式も終わってしばらくしたとき、あざみさんが「パパが最後に旅をしたところに行ってみたいな」とうつろに言い出した。私は親戚みんなに連絡をして、その住所を探し出した。そして車に乗ってただ目的を果たすだけの切ない旅をした。それをしたところでパパに会えるわけでもないのに、パパに関わることをしていたいというだけの旅だった。

たどりついたのはぼろぼろの、廃墟《はいきょ》みたいなかびくさいパン屋さんだった。そこから出てきたのは、写真でしか見たことのないおばあちゃんを、もっとおばあさんにしたみたいな人だった。

「このパンが食べたい、懐かしいって言ってねえ。」

とそのおばあちゃんが出してくれたのは、ママや私やあざみさんがダロワイヨやビゴの店で買ってくるのとは全然違う、ものすごく日持ちしそうな、コンビニでも売っているようななんともいえないパンだった。食パンなのだが変なみぞがついていて、古いパン粉の匂いがした。

「これにバターをいっぱい塗って何枚も食べてたよ。こんなの東京にもっとおいしいのいくらでもあるでしょ、って言ったんだけど。あとあんぱんをいっぱい食べたね。そして泣いていたよ。懐かしい、懐かしいって言って。」

首をかしげながらおばあさんは言った。

「言ってくれれば、こういうパンいっぱい買ってきて毎日食べたのに。でも、違うんだよね、パパが食べたかったのは、あの頃の時間なんだよね。」

あざみさんは涙をこぼしながら言った。そのパンを食べたらぽそぽそしていて、いつまで噛んでも味があまりしてこない。お茶でやっと飲み込んだ。

あざみさんが「こんなパン」と表現しなかったのはさすがだったけれど、私はパパが、亡きママや私やあざみさんがどんどんおいしくなっていく都会のパン屋さんの進化に喜んではしゃいでいることに、気を遣ってくれていたんだと知った。

私にとってパパの実家とは今も静岡市内にある普通の一軒家で、そのパン屋さんのことを知らなかった。

でも、ここはパパが生まれて育った場所、自分のお母さんとの子供時代の短い蜜月の思い出があるところ。秘密の場所、夢の場所、パパの天国、最初で最後の場所。

そしてなによりもパパの中でいちばん深くて暗い闇の場所。

だから私たちに言えなかったんだと、なんとなく思った。

かびくさい畳の部屋におばあさんの衣類や雑誌や電気ポットやひざかけが散らかっていた。パパがどれほどここでほっとして、深い深い無意識の場所で、これで人生を終わりにしても悔いはないと思ったのかを私たちは想像した。

最後にどうしても来たい場所だったんだな、と思った。

私は心の目を切り替えた。するとパンの味も甘く切なく切り替わった。パパの目になって見たその家は、さびれてうらぶれた田舎の家ではなくって、しみじみとあたたかい懐かしい空間に変わっていた。魔法がやってきていた。西日がぼろぼろの茶色く焼けた畳を照らしていたが、全てが懐かしく味わい深かった。パパの人生は不幸ではなかったんだ、と私は思った。


水から上がってきて水滴をぽたぽたたらしながらマサコさんのケーキをほおばるあざみさんは、すっかり野性の子になっていて、勢いがあふれていて、もう東京が全く似合わなくなっていた。

「甘いのとしょっぱいのが混じっておいしい！」

と言って、砂の上に寝転んだ。

「相変わらず貧弱な体だなあ。」

と山本さんが言ったが、やはりいやらしくなかった。七割はくせで言っているだけという感じだ。その逆の人もたくさんいるので、こっちのほうがいい、と私は思った。

遠くを鳥が飛んで行くのが見えた。

マサコさんは日傘をさして黙って座っていた。背筋がまっすぐで鶴のようだ。さすがダンサーだと思った。

黙ってケーキを食べていると、山本さんは腕が細くてあちこちがしわしわにたるんでいて、ああおじいさんだ、と思った。あまりにもはきはきとしているから忘れているけれど、この肩はお年寄りの肩だ、としみじみした。

そしてパパがおじいさんになるところを見たかったなあ、と思った。

たとえおしめをしたり、立てなくなったり、腰が曲がったり、一日中寝ていてもいいから、少しでも長くパパを見ていたかったのだ。山本さんみたいに肩が少し小さくなって、たくましかっただろう腕が細くなっていても、それで少し淋しい気持ちになったとしても、多分私は若かった山本さんよりも今の山本さんが好きだろうと思った。年月の刻まれた肉体はいつでも人を切なくさせる。そしてその美しさと換えのきかなさに圧倒される。たまにマサコさんとあざみさんがいっしょに歌いながらステップの練習をした。砂に素足がすべっていくのを私はうっとりと見つめた。

私たちは陽が沈むところをじっとじっと見ていた。

こんなにお店もあって食べるところもたくさんあるのに、私たちは何にもない砂の上で満足していた。あたたかい風と太陽の光と移りゆく時間が変えて行く景色があればなにもいらない。

多分マサコさんだって意地悪い普通のおばあさんであるだろうし、あざみさんはまるっきり子供のまま大きくなったたちの悪いおばさんで、私は幼稚で考えも甘いのに親がいないし、山本さんなんか単なるエロじじいなのかもしれない。みんな特に美しいわけでもかっこいいわけでもなく、単なる薄汚れた人間たちが集って浜辺でごろごろしているだけだ。ちっともすてきではないはずだ。

でもこの島の魔法はそんなこと全てにきらきらした粉をかけてくれる。みんなすばらしい人で、世界は美しく、人生はよいものだと思わせてくれる。その考えはまぼろしではなくって、もしかして泥の上に咲いた蓮《はす》のようなものなのかもしれない。

マサコさんと山本さんと、ビーチで抱き合って別れた。

ふたりは来たときのようにさっぱりと去って行った。ふたりが歩いて行くところは絵になっていた。まるで厳しい人生を共に生き抜いてきた老夫婦のようだった。きれいな色の服が都会の景色に溶けていくのを見送った。

部屋に戻って、あざみさんが先にシャワーを浴びている間、私は洗濯物をベランダに干していた。西日が手元を金に変える。明日朝早くにホテルを出るまでに、少しでも乾くだろうか、と思った。明日の今頃にはここにいないんだなあ、としみじみと海を見ていたときに声をかけられた。

「見て、オハナちゃん。」

タオルを巻いて出てきたあざみさんの手のひらに溶けて丸くなった亀の形があった。

「すごい！　ずいぶん使ったんだね。」

私はげらげら笑って、そしてなんだか涙がぽろぽろと出てきた。あれ？　と思ったら、あざみさんも泣いていた。

「帰りたくないよ〜。」

あざみさんは言った。

私は言葉が返せず、胸の中が奥底からぶるぶると震えるのを必死でこらえていた。ハレイワであのすてきな暑い午後に買った石けんがもう溶けてほとんどなくなっちゃった。形が変わっちゃった。いつのまに時間が過ぎちゃってもうどうにも戻れない。

これもまた生きているっていうことの証拠だというのなら切なすぎる。

ここに確かにママもいたのに、パパもいたのに、もう会えないなんて。

ものすごく感傷的になって、私はまたおいおい泣いた。確かにここにいる若くまだ美しい私たちも五十年後にはいないかもしれない。でも今はここにいるのだ。時間のおいしさをがつがつと吸い込んでいるのだ。こうして石けんをすり減らしながら。

最後の夜だから、とABCストアでコナビールをいっぱいと、マウイオニオンのマカデミアナッツとかポテトチップスとかジャンクなものを笑いながらおみやげのTシャツといっしょにいっぱいカートに入れて、部屋でふたりきりの宴会をした。

そんなことはいつもしていることなのに、海の匂いがするだけで全く違った。星が見えるし向こうにはダイヤモンドヘッドがあるのだ。

開け放した窓からは今はまだハワイの風が入ってきている。ずっといたいけれど、帰るところがあるし、行くべきところもある私たち。

あざみさんが何本目かのビールを片手に、ふいに言った。

「マサコさんが言っていたこと、気になると思うから、言っておくね。実は、もう本人たちもそんなことを忘れそうなんだけれど、私のあの親って、本当の親じゃないんだ。」

「とても仲がいいよね？」

私は言った。なにかがあるとうすうすわかっていたので、そんなにびっくりしなかった。

「そのことで不幸だっていうことはないよね？」

「もちろん。」

あざみさんは笑った。

「お母さんに子供ができなかったからってもらってきたんだって。養女なんだよね。もちろんかわいがられたけど、かわいがられるのも仕事のうちって、子供のときは思っていたね。お仕事って感じだった。いくら抱っこされても、なんとなく向こうもまだおずおずしていて。
だいたい私のこと、怒ることができなかったのね、遠慮して。お母さんもお父さんも。おいしいものを食べさせてくれたり、きれいな服を買ってくれたりして、少しでもなじむように、受け入れられていることを知らせるために、時間とお金をいっぱい使ってくれたの。お父さんのこっちの仕事なんて単身赴任でよかったし、私とお母さんは遊びに行くくらいでよかったのに、家族で思い出を作ろうって言ってかなり無理してみんなで住んだりね。結局甘やかされすぎてしまって。だからきっと社会に出たとき自殺未遂なんかしたのよ。

でも、人間同士だからいつもいい顔していられないわけで、甘いだけじゃなくって、いい感じで、だんだんみんなの中にほんものの愛情みたいなのが育ってきてさ、それって、結局、人間の努力と関係なくって、時間が作ったんだよ。お母さんがいらいらしているときは洗濯物をたたんであげて、そうしたらなんとなく後でバツが悪くていっしょにケーキ食べようって誘ってくれるとか、お父さんが出張から帰ってきた夜は必ずすき焼きで、お父さんの気にいった器を並べておくとか、私が夜遅いとどんなに遠くても両親のどちらかが迎えにきてくれるとか、そういうつまんないことでどんどん家族になっていったの。きっとそういうつまんないことの積み重ねだけが家族のほんとうの意味なんだよね。だから、私はフラの仲間にも心開いてきたし、新しく知り合うオハナちゃんを恐れなかったし、これからもどんどん家族になっていく自信があるよ。だってけんかもできないようないやな人だったら離れればよかったんだもの。一度創り始めてしまえばどんどん積み重なって大きく深くなっていくものだから。

そういうふうに意図して創っていくとね、人間関係は絶対的にゆるされている大きな海みたいになるんだよ。あっという間にこわすことができるからこそ、慎重に、まるで赤ちゃんを抱くみたいに、人と人との関係を抱くことができるのよ。」

「家族運が悪いって、そういうことだったのか。パパが死んだことだけではなくって。」

私は言った。

「聞いてもいいの？　あざみさんのほんとうのご両親はどこへ行ってしまったの？」

あざみさんはにっこりと微笑んで、言った。

「私の親は私を乳児院の前に捨てたんだって。」

そこでは多少私はびっくりして、あざみさんの手をぎゅっと握った。

大丈夫、と言ってあざみさんは続けた。

「赤ちゃんを捨てちゃう人がいるんだよ！　だったら、神様はその赤ちゃんを私とパパにさずけてほしかったよね。」

「なに言ってるの。あざみさんがあざみさんを育てるなんて、そんなことありえないでしょう。」

私は言った。そう言ったけれど、胸のうちはきゅっと苦しいままだった。

「だって同じ赤ちゃんなのにさ、どうしてそんなに扱いが違いうるの？　もしも私のところに来てくれたら、パパに誓って私はその子を大事に大事に毎日育てたよ。自分が眠くても疲れていてもきっとずっと顔を見ていたと思うよ。小さい足に小さい靴下をはかせるときもきっと神様に感謝したよ。自分が骨と皮になってもおっぱいをあげ続けると思うね。でもさ、その、同じ生き物である赤ちゃんを、捨てちゃう人もいるんだよね。」

あざみさんが言った。

「私を産んだその人の人生のことなんか考えたくない、自分は運がよかった、愛された、その人といるよりもずっとよかったって思うだけ。」

「そうだよ、あざみさんはきっとそのほうがよかったんだよ。」

私は言った。

そして自殺したママがいることで少し自分を哀れんでいたことを恥じた。まるであざみさんよりも大変な人生だったと言わんばかりの顔をしながら、ずっといっしょに過ごしてきた自分を。

あざみさんは続けた。

「いったいなにが、そしてだれが、どんなに大きなものが私をこの運命に導いたんだろう。乳児院の前で飢え死にしてたかもしれないし、虐待されて死んでたかもしれなかったのに。私には両親がいて、仲が良くて、あったかいふとんで毎日眠っている……そのこと考えていると、小さい頃からたまに『お母さん』ってつぶやいてしまうことがあって、それは毎日会ってるお母さんのことでもなくて、私を捨てた知らないクソ女のことでもなくって、星空を見上げて『お母さん』っていう感じなの。それで、そんなとき自分がだれを思い描いているのかわからなかったけれど、踊りを始めてからはなんとなくわかった。この世に私を出して、そして生かし続けたおどろおどろしい力、キラウェアの火口にゆれる溶岩みたいな、それから緑の濃いハワイの山々の中にきれいにしっとりと落ちていく滝のような、火山のふもとの熱帯雨林の中でいつでもしっとりと濡れてつやつやしていてふかふかしている苔みたいな、そんなものなんだって。要するにあれが、お母さんだって。育てくれたお母さんとマサコさんとこれまでに仲間になったフラのハラウの年上の人たちが私を思ってくれた気持ち、それをみんな足したイメージみたいなもの。大きくてこわくて絶対的で死にそうなときには必ず名前を呼んでしまう力。あれが私を生かし続けているんだって。私は大地から産まれて天の光をいっぱい浴びて活動して、また大地に帰る地球の子供、あそこに立つと素直にそういう気持ちになるんだよ。」

「キラウェアのあたりを一度見てみたいな。」

私は言った。あざみさんはにこっとして、そしてうなずいた。

「今度いっしょに行こう。今度はハワイ島に行きましょう。私とオハナちゃんの二人家族の日々はまだ始まったばかり、そしてハワイとのつながりもまだまだ序の口よ。たとえそう思えないような時期であっても、なにかが終われば、必ずなにかが始まるんだから。」

うっとりとあざみさんは言った。

すっかり荷物も詰め終わって、最後に手荷物のバッグの中にその古びたノートをそっとしまった。袋に入れて大切に。それは私の宝物だ。ママの日記、ママの面影。私とママをつないでいるタイムトンネル。そこでだけママに会えるとても哀しい部屋。

「帰国の前の日

ひざのうえにオハナが寝ている。さらさらした髪の毛が陽にあたってきれいだ。窓の外は買い物を終えてにこにこしている人たち。わたしのひざも腿《もも》も、とてもあたたかい。子供の体温は天使のように人をあたためるのだ。閉じたまつげが柔らかい影をぷりぷりしたほっぺたに落としている。こんな柔らかいものがこの世にあるなんて信じられない。どんなお菓子も布も、これを再現できない。

いつもこんなだったらいいな。

天国の果実。

夢みたいなひととき。

風が椰子の木を揺らして遠くへ去っていくとき、きれいに線を描いているのが見えるようだ。

もしも私がまたバランスを崩して今度こそ戻ってこられなくなったとしても、オハナちゃんだけには、せめてわかってほしい。能天気なパパにはもしかしたら伝わらなくても、オハナちゃんにはきっと伝わると感じるの。

私があなたといてとっても幸福だということを。こんなひとときがあったから、私はこの世を見ることができてよかったと思えたということを。

ママはなにかにのりそこなったか、あるいはおりそこなって、自分でもどうにもならないところに来てしまい、そして人生はいつもこのひとときのようではないから、失敗しちゃったのかもしれない。負けるのかもしれない。

でもこのひととき、ママは昔のママに戻っていて、そしてあなたをこの世でいちばん大事な宝物と感じているし、負けたくないと思っているの。うまく言えないけれど。

私を悪くさせる何かに言いたい。失敗した私の人生に言ってやりたい。

こんなときもあったんだよ、意味ない人生だったけれど、確かにこんな瞬間があったんだよ、これが負けないということ？　負けなかったことが確かにあるということ。」

私が荷造りから戻ると、あざみさんはベッドに寝転んだまま、すうすうと寝息をたてていた。

ちゃんとふとんをかけなよ、とかけてあげたら、目をつぶったままにこにこした。あ

〜あ、歯も磨かないで寝ちゃった、と私は思った。私はそのほっぺたにおやすみのキスをした。

そして部屋を見回し、同じホテルの、もしかしたらこの部屋かもしれない部屋で、遠い昔にママが私といたことを思った。

幼い私は決して思わなかっただろう。

私がいつか全然知らない人と、ふたりだけの家族として、同じこの海を見る日がくるだなんて。そのときにはもうパパもママもいないなんて。

いつでも未来は想像を絶することでいっぱいなのだ。

「ママに見せてあげたかったな。大きくなった私を。あざみさんを気遣える私を。」

私は言った。

小さな声でそう口に出したら涙が出てきた。

「天国から見ている」とか「きっとパパと今いっしょにいてたまにこういうすてきな場面を見ているんだ」とかではだめなのだ。

歳を重ねてしわが増えたママに、生きている眼球で眼筋をつかって、その心臓をどくどく動かしながら見てほしかったなあ、ということだ。うわ、きれいと言って手をのばしたら、となりにやっぱりその美しさに心臓をどきどきさせている肉体があって触ることができる、そういうふうにだ。

もしも天国があるとしたら、それはさぞかし美しいものだろう。

でも、ぐちゃぐちゃでなんでもありでもほんの一瞬くらいは美しいときもある、このあてにならない地上は生きている人たちのものだ。私の目に映るものは私だけに見えるのになぜかあざみさんと共有できるもの。

そんな場所で今しばらく、新しい家族といっしょに探検していこうと思った。たまにその溶岩よりも激しい現世のおどろおどろしさにおびえながら、休み休みでいい。

ここでは、なんのためらいもなく、空を見上げてそう思えるから楽園なのだと思う。

もしかして、人ってそういうものなんじゃないの？　どこまでもひとりぼっちだけれど、どこまでもだれかといっしょにいられるんじゃないの？　そういうふうにうつくしくつくられているんじゃないの？

まだまだ子供であるせいだけじゃなくって、目の前のあざみさんのすうすう動いているきれいな胸の形や、ほほに落ちるまつげの影を見ていたら、どうしても私にはそんなふうに思えてしまったのだった。

姉さんと僕

女の人がくれる全てのものを姉さんが僕にくれてしまったから、僕が女の人とすべきことは見た目とかその違いとかセックスを楽しむことだけになってしまった。

もちろん僕はふだんそんなふうに、いちいちむつかしく考えてるわけではない。

ある夕方、暮れてゆく冬の光を見ていたら、建物の窓ガラスが冷たく光るのを見ていたら、ああ、そうなんだとしみじみと気づいただけだった。

遠くを鳥がひゅうっと飛んで行く動きの線を見ていたら、姉さんの声のようだと思った。それでそんなことを考えたのだろう。

全体的にちょっと貧弱で目も細く容姿にはさほど恵まれていないけれど、女の人たちには恵まれているこの人生だ。でもどうして女の人たちが僕を好きになってくれるのかはなんとなくわかる。

結局僕がその人たちとどうなりたいわけでもないからだ、そう思った。みんなが最終的にしたいことは結局僕が姉さんとしていることなのだと思った。もし僕のことをものすごく気にいったら、僕を確保して巣を作るということだ。

巣ならもう充分だ、姉さんと作っている。

だから、女の人たちは何か肩すかしをくらわされたような気持ちがして、くやしくなり、彼女たちの中にあるしつこさみたいなものがかきたてられるのかもしれない。

かといってこれもまたもちろんだけれど、姉さんとやりたいわけではない。

姉さんの裸にも下着にも興味はない。

二人暮らしなので洗濯物を干すのを手伝ったりするけれど、洗濯物は洗濯物にしか見えない。それに包まれる姉さんの裸も、僕が他に裸を見せてもらえる人たちと比べたら、かなり貧弱だと思う。

姉さんはちょっと猫背で、前に首がひゅっと出ていて少し情けない感じの体つきをしている。胴が長くて細く、おしりだけが大きくて、色は生白く、目はちょっと大きく、唇は薄い。

そして男の影はこれまでに一度もない。それだけが最大の謎であり、僕の気がかりだ。

もちろん「ちょっと出かけるね」と言って遅くなることなどはあるが、あまり色っぽい雰囲気ではない。もしかしたら、僕には隠しているのかもしれない。あるいは僕が出かけすぎていて気づかないだけか、気づきたくないだけかもしれない。

姉さんは実の姉であるだけではなく、僕にとって母さんでもある。僕を育てたのは姉さんだったからだ。

たまに僕はちょっと聞いてみる。

「ねえ、俺はまだ大学生だけど、そのうち就職して、それでもここのほうが居心地がよくって、ずっとこうして家にいたらどうする？」

「いいんじゃないかなあ、別に。」

そんなことはどうでもいいという感じで姉さんは答えた。姉さんのしゃべりかたは少し変わっていて、変なふうに抑揚がある高い声でひょろっとしゃべる。ひょろひょろっと笛を吹くような感じだ。

まだ死ぬことをリアルに感じたことはないけれど、死ぬときにこの声は耳の中に残っていて必ず聞こえてくるだろうと思う。

鳥の歌としてか、あるいは笛の音色としてか。

とにかくとてもなつかしいものとして。

「それよりも地方で行きたい大学院とか会社とかないのか、そのほうが気になる。」

姉さんは言った。

「もしもいなくなったら淋しい?」

僕は言った。

「今だってあんまり家にいないじゃない、デートとバイトばっかりして。まあ二十二歳でデートとバイトがないほうが心配だよね。」

姉さんは笑った。

「変わりないよ、別に。仕事して、生活して、あんたを待って。多少距離があろうが、間があこうが、変わりない。」

それじゃあ、姉さんには結婚とかいう考えはないの? この家に一生住むつもりなの? と聞きたいけれど、青春を僕のためにほとんど遊べなかった姉さんに対して、こわくてそんなことは聞けない。

うらみごとがどろどろ出てきそうだからではなく、姉さんのあきらめぶりを知ることになったらこわい、それだけだった。

ただ僕には、最後には姉さんを引き受けていくだろうという覚悟だけはある。

覚悟と言うほどじゃない、もっと気まぐれで適当なものだが、きっと最後には姉さんを取るだろう、というようなことだ。たとえ子供がいても嫁がいても、自分が婿養子であっても、全てを捨てて姉さんをひきとって介護するだろうと思う。施設に入りたがったとしても、妻子や仕事を捨てて毎日行くし世話をするだろう。それは僕がしなくてはならないことにもう決まっているのだ。その逆をやってもらってしまったからだ。

そんなことをつい考えるのは、若いうちからこんなことを考えなくてはいけないような環境に僕は生まれたから。

でも姉さんはそんなことに興味がないような感じで、ポテトチップスをつまみながら梅酒をちびちび飲んで晩ごはんを作っていた。それを僕が食べるのかどうか、出かけないのか、そんなことも聞かない。だから僕も言えない。

「もっと早く出かける予定があったけど、姉さんがごはんを作ってるから、遅らせて食べてから行くことにしたんだ。」

そんなことどうでもいいと思っている相手に、言えるわけがない。言っても意味がない。

そして僕が帰ろうと帰らなかろうと、優しかろうと自分本位だろうと、どういう時期であっても姉さんはそうやってずっとどうでもいいふうを装いながら、僕たちのための巣、僕の居場所を作っていてくれたのだ、何十年も。僕の洗濯物をたたみ、しまい、僕の部屋を掃除し、リビングを片付け、きちんと法事をやり、仏壇にごはんや花を供え、おじさんの会社で事務をこつこつとして、服もろくに買わず、贅沢もせずに。

姉さんが丸い背中で梅酒を飲みながらシチューを作っているのを見ていたら、ほんとうに胸が苦しくなってきて、いっそ絞め殺せたらどんなに楽だろうな、と瞬間思った。

そんなことはしない、できるはずがないから。

そんなことをしてしまった人がいたとしたら、だれかになにかをしてもらっても、気づかない人だろう。つまりそれはだれにもなにもしてもらっていないのといっしょだから、そんな人は生きている意味があんまりないと僕は思う。


僕たちの両親は、交通事故で死んだ。

酒を飲んで運転していた中年男のＢＭＷが夜の散歩中のふたりに突っ込んで来たのだ。

その頃、僕を妊娠していた母と遅くに帰宅する父との夜の散歩は日課だったそうだ。姉さんは家で宿題をやっていたという。

安産のために毎日歩くことに決めて、ウォーキングシューズまで買って、父さんと母さんはお腹の中の僕といっしょに毎晩近所を歩いていたのだそうだ。

そのせいなのか僕は夜の散歩が好きだ。同じ空を父さんと母さんも見上げていたのだと思うと、そして僕の顔を見るのを心待ちにしていたかと思うと、丸っきりきれいごとみたいだけれど、僕はほんとうにまっすぐに生きようと思う。

ふだんはそんなこと思わないけれど、たまにそのときの両親の明るい表情を思い描くと、不思議とすっと思い描けるのだ。

僕は酒を一滴でも飲んだら、バイクも車も、自転車さえも運転しない。これもまたできるはずがない。

友人のだれかがそれをしようとしたら、勝手にしたらいいけど俺の親は飲酒運転の車に轢《ひ》かれて死んだんだ、とだけ言う。それでも車やバイクに乗って帰る奴がいたら、どんなにいい奴でも縁を切る。僕のそんな激しさを見て驚く人もいるが、基礎が違うからしかたないのだ。

僕はずっとまじめではなかったから多分いろいろ法律には違反していると思うが、この件に関しては個人的な気持ちだけで、そうやっている。

だから新聞で似た事件を見かけると呪詛《じゅそ》の言葉を吐くのが常だ。ちょっと楽をしようと思って、飲んでいるが車に乗ってしまって、もしなにかが起きたらどうしようというふうに思わず、特に責任を取る気もなく、運を天にまかせて、自分だけは死なないし人も轢かないと思っているような人は、事故が起きると突然神妙になる。ありえないことが起きた、信じられない、まずそのことで、その程度のことでいっぱいになってしまう。その程度の想像力しかない奴に親のいる人生を奪われた僕のような人間はどうしたらいいのだろう、と思う。

今さら神妙になってももう遅いのだ。僕は親を轢いた奴のことも許してなんかいない。一生それを背負っていけと思う。僕が奪われた時間の重さを背負っていけ。

かといって僕は別に親がいないことで不幸にはなっていない。おばさんや姉さんがいたからずっと幸せだった。単に親のいる生活を知らないということだ。

死体になりかけた僕の母親から、僕は引きずり出されるように産まれてきたそうだ。そのとき十歳だった姉さんはその場にずっといて、病院で、死の匂いが満ちあふれる中でたったひとり生きて輝ける登場をした赤ちゃんだった僕を育てる決心をした。

「こわくてこわくてさあ、もう、ほんとうに足が震えたんだよ。」

と姉さんはそのときのことを思い出すたびに言う。

「赤ちゃんが小さすぎて、どうやって育てるんだろうって。あんな小さい赤ちゃん、生まれてはじめて見たもの。幸いおばさんがいっしょに住んでくれたから、思ったよりも全然平気だったけど。

光り輝いてたよ、赤ちゃんは。真っ暗な中でひとりだけ光り輝いていたの。私のためにお医者さんたちも必死だったよ。きっとどんな政治家の手術をするよりも必死でやってくれたと思う。だって赤ちゃんが死んだら、廊下で待ってる私はたったひとりになってしまうんだもん。

でもほんとうに、赤ちゃんを育ててる間ずっとお父さんとお母さんに会いたかったなあ。あまりに必死だと、人ってあんまり思い出して悲しんだりできないものなんだよね。三時間おきにミルクをあげて、おばさんといっしょに死にものぐるいで乗り越えたというか。

赤ちゃんに夢中で、日々があっというまに過ぎていくの。それで気づくといつでも『あれ？　だれかが足りない。だれかにこの子を見せたい、わかちあいたい』っていう気持ちが目のところまでいっぱいになっていて、ああ、それは父さんと母さんなんだ、ってわかると、生きていたときの顔が浮かんできて、やっと泣けるの。

だってしばらくは死んだ顔しか浮かんでこなかったんだもの。

それに、家の中にいないいつもいた人に今すぐに会いたいって思う人が、私しかいないんだもの、淋しかったなあ。」

どうしてそんなこわいことを耐え抜けたのか、と聞くと姉さんはいつも満面の笑みを浮かべて、

「コーちゃんがあんまりかわいかったし、生きた、生々しい形見だったからぎゅっと大事にその命を握って育てていかなくちゃ、と本気で思ったから、全然平気だったよ。だから、コーちゃんが死ぬことを空想するのがいちばんこわかったなあ。いつも添い寝して夜中に何回も呼吸を確かめたし、いつも体のどこかがコーちゃんに触っていないと不安だったよ。こんなに大きくなってもまだ私のいちばんこわいことはそれだよ。コーちゃんが死ぬのは、自分が死ぬのよりもずうっとこわい感じがする。」

もちろんコーちゃんとは僕のことだ。

僕はその赤ちゃん、つまり産まれたばかりの僕のことをたまに思う。

母親は恐怖の中でも僕が壊れないようにきっとかばってくれただろう。意識のある限り

僕の無事を思っただろう。そして無理に引きずり出された、とにかく露骨な命の塊。病院で震える親のいない子。姉さんの小さい腕の中でやっと居場所を見つけた赤ん坊。なんでそんな生まれ方、育ち方をすることになったのか。そこにきっと意味はない。ただ姉さんにきつい思いをさせたくないと思う。僕を見てきてよかったと思ってほしいと思う。僕は家事を手伝い、遊び、その合間に死にものぐるいで勉強もしてきた。僕はいつも走り続けてきた気がする。そしてそのくらいの根性は生まれたときからそなわっているはずだ。

姉さんは言った。

「私が添い寝して、あんたが泣くとミルクを用意するんだけど、おばさんはみんなみたいに私のこと、たいへんね、とかかわいそうに、とか言わないの。他の人みたいにものやお金をくれたりもしなかった。でも必ず起きていっしょにお湯をわかしたり、ミルクをあげるところを見ていてくれるの。どっちかがどうしても起きられないと、寝かしてあげることまで同じ気持ちだったけど、私のほうがもちろん子供だから起きられないこともいっぱいあったんだけれど、あれって、ほんとうにすごいことだったと思う。今思うと。私が『おばさんがいてくれて当然』と思ってけんかしたりするくらいに、おばさんがしてくれていることを気づかせなかったもの。それくらいに、丸ごと引き受けてくれたんだなって思う。」

僕も何回でも思い出す。おばさんの丸っこくて小さい背中を。料理がうまい器用な手を。姉さんと僕の殺風景な世界に色をつけてくれた偉大な存在。

お母さんという言葉のイメージの先にあるのは、おばさんだった。

姉さんでも死んだ母さんでもなかった。

口をあけて寝ている顔や、冬につないでくれた大きな手や、いっしょに歌った歌や、古ぼけたタイツについた毛玉なんかがいちばん恋しいのだ。


晩ごはんをさくさくと食べて出かけようとしたら、姉さんが言った。

「そうだ、言い忘れてた。おばさんがついに籍を入れるんだって。」

「へえ。」

僕は答えた。

姉さんが成人するまで、おばさんは家にいてくれたのだった。

僕たちと住んでいた頃からずっと、おばさんは妻を亡くした人と恋愛していたのだが、その人の亡くなった妻の遺言でしばらくは籍を入れないで同棲しよう、ということになっていたのだ。うちを出てから、おばさんはその人の家で暮らし始めた。もちろんしょっちゅううちには遊びに来た。

もういっしょに住んで十数年たっているのだからいいのではないか、ということになったのだろう。おばさんももう六十近いはずだ。

「それでね、小さいお式をハワイでやるからって。もちろん私たちも招待されているのよ。」

姉は言った。

「いつ?」

僕は言った。

「二月だったかな。」

姉は言った。

「行くの?」

「そりゃあ、行くわよ。崇おじさんだって喜ぶでしょうし。あんたも行くのよ。」

「ええ、ハワイ?」

「そうよ、楽しいじゃない。もうお返事するから、二月の終わりをあけておいてね。」

姉さんはきっぱりと言った。

面倒くさいしおばさんの式なんかには興味がない、崇おじさんというのはおばさんの長い恋人だった人で、子供の頃は遊んでもらったりいっしょに出かけたりしたものだが、今となっては照れくさくてあんまりしゃべることもない、なんて言ったら姉さんがどんなに怒るかわかっていたので、僕はあきらめて、わかったよと言って出かけることにした。

ハワイか……全然知らない場所だった。

これから会うガールフレンドがハワイの話をよくするから、いろいろ聞いてみようと思って家を出た。


おばさんが出て行く日の朝のことをよく覚えている。

子供だった僕は、まだおばさんが目の前にいたから、出て行くということの意味がよくわからなかった。

でもその日の夕方、おばさんの荷物が運び出されていくとき、突然全てを悟ったのだった。もうさっきまでのようにおばさんの服や小さいタンスや見慣れたクッションが配置されることは二度とないんだ、と思った。

あ、もうどうやっても戻らない、こういうことだったんだ、痛い痛い、そう感じた。痛くて血が出そうなのに、なんで僕は普通に立っていられるのだろう。目からも血が出そうなくらい見たくないのに、どうしてこの目はがらんとした部屋を見てしまうのだろう。どうして頭の中に、昨日までのおばさんがいた部屋の映像が映るんだろう。

きっと中身のどこかに血が出ているに違いないんだ、そう思った。

「会えなくなるわけじゃないのよ。週に二回は絶対来てくれるって。だからなんてことないのよ。」

姉さんは自分に言い聞かせるように何度も言って、泣きはらした目をこすっていた。

姉さんのほうがどんなに心細かっただろう、十歳児とふたりきりで取り残されて。しかしそういうとき姉さんは突然両親の死んだ日に立ち返り、決心を新たにするように見えた。

そんなとき姉さんは「この子供は自分で責任を持って育てる」そういう顔つきになる。僕は高校の修学旅行で京都の寺にいっぱい行き、そういう顔の仏像をいっぱい見た。うわあいやだ、姉さんがいっぱいいる、そう思ったものだった。

おばさんが出て行ったあとの家はもうとりかえしがつかないかと思うくらい損なわれて

いた。僕と姉さんの中でもあの日永久になにかが損なわれたと思う。

僕たちは毎日淋しくぼそぼそとごはんを食べた。味がしなかった。

そして何回か涙をぽたぽたとテーブルにたらして泣いた。どっちかが泣き出すと、もう一人も静かに泣く、そういう感じだった。抱き合いもせず、なぐさめ合いもせず、気が済むまでただ涙を流したのだ。こんなつらいことといつまで続くんだろう、と言い合いながら。

おばさんが遊びに来るとその間だけ光が射すのだが、その後にはもっともっとシャレにならない痛さが襲ってきて、のたうちまわるようにして立ち直った。

おばさんがどこにいてもいつでも僕たちを思っているということはわかっているのに、捨て子になったような気分だった。

しかし時間が全てを均し、日常の中に悲しみはぼやけ、全く違う形の皮膚が傷口からもりあがってくるように新しい感じが芽を出してきた。

僕は思った。人生はこれの連続なんだ、これが生きているっていうことなんだ、なんてつらく痛ましく、そして生々しいものなんだろう、と。

大丈夫な自分が悲しかったし、自分でごはんを作り始めた姉さんも、いるときはそれを手伝う自分もほんものの孤児みたいだった。

たまに家の中にひとり足りないな、と思うこともあった。そうすると楽しかった頃が急によみがえってきて、めまいがした。大人の女の人が家の中にいるというだけで、どうしてあんなに大丈夫になれたのだろう。

そして姉さんのすごさを思った。

姉さんはいっぺんに家の中にいた人ふたりを亡くしたのだ。僕にとっては両親は知らない人だしいっしょに過ごしたこともないけれど、姉さんは違った。

そうすると姉さんが和室のお仏壇にごはんやお花やお菓子を毎日供えていることが、急に生々しい意味を帯びてきた。あれは形じゃなくって、ほんとうにいっしょに暮らしているんだな、姉さんは淋しかったんだな。

それで僕は絶対に、早死にしてはいけない、ただひたすらにそう思う。

神様、僕はどうでもいいから、姉さんから僕だけは取り上げないでくださいと、矛盾しているが思ってしまうのだ。

食事が終わったので、つまみと安いワインを買って、アップルちゃんの家に行った。

彼女の家には僕の好きな古いストーブがある。彼女はぜんそくの発作がおきることがあって、エアコンが使えないのだ。オイルヒーターを買えばいいのに、おばあちゃんからもらったというそのストーブを使い続けていた。ストーブの赤で彼女の顔が染まるとき、夜明けのような色だといつでも思う。

アップルちゃんというのはもちろんあだ名だ。

青森の出身だからということで、僕が勝手につけた名前だ。

アップルちゃんはなにもしていない。こんなにみんなが忙しい忙しいと働いている今どきに、なにもしていないというだけで、そしてそのことに疲れていないというだけでももう魅力的な人だ。なにもしていないのにちっともアンニュイな感じではない。しゃきっとして固いりんごみたいだ。

ではなにをして生きているかというと、愛人だった。愛人といっても打算的なものではない。

アップルちゃんにはほんとうに好きな人がいるが、その人は結婚しているとのことだった。もうほとんどおじいさんかお父さんか、というくらいの歳らしいが、もちろん僕は会ったことがない。

「まあ、ほんとうに好きな人がいて、その人も自分を好いていて、家を貸してくれて、働かなくてよくて、死ぬときにも財産を遺してくれるって、これ以上のことはないかなって思うんだ。深く考えたら、なんだって悪いところはあるもの。こうしてあなたにも会えるし。」

その件に関してめったにコメントしない彼女だが、あるとき僕がしつこく聞いたら、そう言っていた。小鳥みたいな小さな声でそう言った。

窓辺にふたりの写真がいっぱい飾ってあるが、彼と彼女のあまりの歳の差に、僕はその写真を見るたびに、自分の両親と姉さんとの写真を思い出してしまう。

「ハワイってどうなの？　くわしいでしょ？　今度親戚の結婚式で行くんだ。」

僕は言った。アップルちゃんは淡々と答えた。

「いつもニューオータニ。なんか彼の仕事の関連で。それでいつもドライブして、屋台でエビを食べて、タートルベイで晩ごはん食べるの。ノースショアのほうが、私は好き。緑と空の色が特別なの。シュノーケリングもするよ。イルカもいるし。亀も。オアフに行くんだよね？」

「そうみたい。」

僕は言った。

彼女の話はいつも絵ばかりがどんどん展開する本のようなのだ。そして、いくら目の前にいて、僕に向かってしゃべっていても、独白みたいなのだ。

「ニューオータニの朝ごはんは最悪だけれど、ビーチはいいよ。長いビーチなの。なんだかわからないけれど、ピンク色なんだ。」

アップルちゃんは言った。

「夕方だからじゃなくて?」

僕は言った。

「それもあると思う。思い出すといつもピンク色なの。それで水曜日の朝にロビーで信じられないような美しいシェルと豆と石のレイを売っているの。もし偶然に見つけたら、買って来て。見るたびに幸せになるレイなの。」

アップルちゃんは言った。

「ああ、わかった。ベッドの上に飾ってある奴?」

僕は言った。

「そうそう。」

うふふ、と彼女は笑った。

彼女のベッドの枕元の壁に、きれいにピンで留めてある、赤や茶やきれいな石や小さい貝のネックレスのようなものを思い出した。

彼女の世界は、明日のない夢の世界だ。死の匂いが濃厚な息苦しい世界だ。僕はその中でなぜか安らぐ。行き場がないことにかけてはきっと子宮の中と同じくらいだ。なんでだかわからないが、アップルちゃんは途中から考えるのをすっかりやめていて、薄暗い白夜の中にずっと溶けていっている。そこから先は死の領域。いろいろなものが混じった空間なのだ。昼も夜も彼女はその世界を持って歩いている。

そしてアップルちゃんのいいところは、いいままでフリーズドライされているところだ。

目が透き通っている。髪の毛は完璧なショートカットで、いつも整えられている。だれかのために装うことはない。小さく丸いあご、整った顔だち、青白い肌。

人間なのに人間ではないみたいだ、悩んだりだれかに頼ったりしないみたいだ。

そんなはずはないから、いつかきっと僕はアップルちゃんの生きた世界に失望してしまうのだろうと思う。それはわかっている。

ずっとこうして会っていたいから、決して姉さんにならないでくれ、と僕は祈る。僕は彼女のことをかなり好きになっていた。そうとう本気になってきていた。だからこそそう祈らざるをえない。

笑うとほほが赤くなる彼女はほんもののりんごみたいだった。

このあいだ友達と貧乏旅行で青森に行ったとき、空港から弘前市内への道にりんごの畑がいっぱいあって、夕闇に赤いりんごの色がぽんぽんとたくさん見えた。そのとき僕はほんとうに彼女に会いたくなり、彼女を本気で好きになりそうだと思った。りんごだ、と思っただけで胸が熱くなったのだ。

僕の完璧な顔のアップルちゃん、知らないおやじに抱かれてぐちゃぐちゃに濡れる僕の彼女。

この関係がどんなに歪んでいても、あのときの僕の気持ちは本物だったし、それに忠実にならざるをえない。あんなふうに人を求めたことも愛しく思ったこともなかったから。

数年前、はじめてほんとうに好きになりそうだった年上の人がいたけれど、その人はいっしょにいるうちに次第に姉さんになってきてしまった。

僕はそのときにごはんも食べられなくなるほどにがっかりした。

なにが姉さんかというと、僕の服をたたんだり、手袋を選んだり、なんとなく僕が夜中に遊びにくるようにしむけたり（なぜわかったかというと、しょってるわけではなく、昼間に寄るのと夜中に行くのではお茶もごはんもお酒もまるで待遇が違うからだ）、ふたりでひとつのものを買おうとしたり、庭の掃除を頼まれたり、毎日のメールを求めたりしだしたのだった。

「いつでもかっこよかったのに、どうしてそんな女っぽいところを見せだすんだ。」

僕はそんなようなことを言い、彼女は、

「人を本気で好きになって、ほんとうの自分の素顔が出てきたのに、それが気にいらないってことは、遊びだってことだよ。」

と言った。

多分彼女の言う通りだろうと思った。もしも僕がほんとうに彼女を愛していたら、他では見せない弱さを僕に見せてくれていることで、また新しいものが始まっただろう。

でも、僕には姉さんはふたりはいらなかった。それではほんとうのほんとうにマザコンだ。そして姉さんほど強い女と彼女を比べるのは酷だと思った。

姉さんは愛情という名前のクモの糸をはりめぐらして、しだいに僕を追い込み、思う通りにする。でも深くは考えない。そんなことを考えたら、だれだってだれかをそんなふうにいつのまにか思う通りにしているではないか。

だから僕は露骨に女性を思う通りにして、正直になんでも言うようにしている。

僕には姉さんはふたりはいらないんだ、そう言って彼女とは別れた。

あ、そう、と彼女は言った。じゃあ帰りに鍵を置いて行ってね。

そして彼女はじっと耐えた。彼女の中に嵐が起こってまたひいていくまで僕は部屋にいて迷った。肩の線でその嵐がわかったのだ。たとえ指一本でも、肩にちょっと触ったら僕たちは元に戻るんだろうな、と思った。また抱き合って、泣いて、また会えるのが嬉しくなって、そしてふたりの姉さんが僕の人生をがんじがらめにするだろう。逃げなくては、泣きながらでも逃げなくては、そう思った。

まだ若い、子供といっていい僕にそんな決心ができたのはやはり生い立ちのせいだろうと心の深いところで僕は思った。

きっと姉さんの中の奥深いところには、僕をとらえて離さない邪悪な執念が宿っている。どろどろした性欲も執着も混じった黒いうねりが、僕を自分だけのものにしておこうとしているのだろう。そして僕の中にもそれはある。姉さんは自分だけのもの、だれにも渡さない、きっとそう思っているのだろう。いろいろなずるい手管を使って、姉さんをひきつけておき、がんじがらめにする。

姉さんと僕だけではない、よく見ていると結局人間関係って、生まれたときからずっとそんなものだ。自分のつごうでだれかをなんとかしばりつけているものだ。だから姉さんがいたら僕には他の人間関係をほとんど持っているのと全く同じなのだ。

しかし、僕は感じている。

そのもっともっと奥までもぐったとき、そこには光がある。

宗教の話ではない、ただそう感じるのだ。

その光の中には父さんも母さんもおばさんもおばさんのだんなもみんないて、そして僕をなぜか生かした力や姉さんに僕を抱かせて育てさせようとした力がみんな入っている。

その中ではみんな等しくあたたかく、相手のことだけを、幸せを、生きていても死んでいてもその人らしさが保たれるようなことを望んでいるのだ。

だから、僕はその手前の力がどんなに荒れていても醜くても制御できなくても、ちっとも気にならない。

そんなものだろう、と思うだけだ。

きっと自分がいじろうにもいじれない領域がおそるべき深さで存在していて、自分がなんとかできると思い込んでいるのだが、人間にできることなんて実はなんにもないのだと思うのだ。


一年前、僕の小学校からの友人、大介が急に姉さんにほれたと言い出した。

そして、どんなに年上でもいいから紹介してくれと言い出した。

僕は内心冗談じゃない、と思ったが、彼はどうも本気なようだったし、姉さんが多分彼をうまくあしらうだろうし、大介はいい奴だから、万が一姉さんが奴を好きになっても、僕が消えればいいや、とまで思って、一応姉さんの会社の場所とか帰る時間とかを教えてやった。

気分はよくなかった。でも止めることもできないと思った。姉さんが大介なんか好きになるはずはないと思っても、気分は悪かった。ふたりがセックスしたりするのは全然気にならなかったけど、家に大介が来るようになることとなんかを思うと、そしていっしょに夕食を食べる場面などを想像すると、ありえない、というくらいいやだった。そうしたら僕は家を出ればいい。そう思った。

大介は恋する男だから、僕の気持ちどころではなく、姉さんを待ち伏せして、いっしょにお茶を飲むというかわいらしい計画をねって実行したようだった。

もちろん姉さんは僕にそのことを何も言わなかった。

何も言わないってことは、案外うまくいったのかな？　と僕は思った。

しかし、数日後に呼び出されて駅前の喫茶店で会った大介は沈んでいた。

そして言い出した。

「おまえ……大変だと思うよ。俺はおまえの姉さんに太刀打ちできないよ、とても。」

コーヒーを飲みながら、顔色も悪く、彼は言った。

「なんだ、それ。うまくいかなかったのか？　ふられた？　まあそれはそうだと思ってたけど。おまえと身内になるなんてぞっとするもん。」

僕は笑いながら言った。

大介はそんなこと聞いてないというふうに続けた。

「どうしてそんなに落ち着いてるんですか？　僕は憧れます、って言ったら、加奈子さんは言ったんだ。『この世でいちばんこわいことをふたつ経験したからだと思うな。』って、それはなんですか？　あいつを育てたことですか？　って聞いたら、加奈子さんはにこりともせずに『目の前で両親が死ぬことと、そして、自分も小さいのに自分が持っているぬいぐるみよりも小さい赤ちゃんの命の責任を自分で負うことよ。施設にあずけるわけにはいかなかった。今でも仕事でこわいことがあったり、こわい目にあいそうなとき、動揺しそうなときはいつだってあの気持ちを思い出すと、すっと落ち着くの。』なんか、凄みがありすぎて、そのときの笑顔とか、すごすぎたんだよ。こわかったんだ。俺のちっぽけな妄想なんて吹き飛ばされるくらいの凄みがあったよ。」

「まあ、姉貴はそういう女だな。男をよせつけないくらいこわいよ。」

僕は言った。

大介は言った。

「そのあともいろいろ話したけど、彼女は俺が彼女を好きとかこれっぽっちも気づかなかったと思う。勉強はどうなの？　これからもコーちゃんと仲良くしてね、コーちゃんは私の命なんだから、って言われたよ。まあ、取るに足らないというか、子供扱い以下だね。」

まあ、そんなところだろうなあ、とうなずきながら僕は思った。ほっとすることはなかった。むしろ、その結果を体で知っている感じがした。姉さんが好きになるとしたら、もっとどうしようもないろくでなしか、陽気な男だろう。大介はいい奴だが、そのどちらでもない。若い大介のこの程度の熱情では、姉さんの闇には対抗できない。

大介は言った。

「太刀打ちできないよ、あんな感じに、俺。少なくとも今はだめだな。それにさあ、あれが母さんだったらもっと大変だと思うんだよ。でもある意味、姉さんだからますますすごいなあ、と思って、おまえを尊敬する気持ちがわいてきたよ。それだけが今回ふられたことの収穫だな。」

「なんだそれ。」

僕は言った。

「おまえが時々、すごく激しくなったり、潔癖だったりして、たまについていけないと思うことがあるんだ。どうしてこんなことでそんなにこじれてしまうんだ、といらだたしくなることもある。でも、なんかわかったよ。そういうのが全部。おまえはえらいよ。」

大介は言った。

「そ、そうかな。」

僕は言った。

「おまえは大変だよ、あのお姉さんは、大変だよ。あんなすごいのが母さん代わりだったら、だれだっておまえみたいになっちゃうよな。」

大介はしみじみと言った。

なんとなく大介の言いたいことはわかる気がした。僕は自分であることに慣れすぎていて、気づかないだけなのだろうと思う。

「私には彼がいて、あなたにはお姉さんがいて、だから会うのよ。」

アップルちゃんは言った。

外で会うと、彼女はこわれものみたいに見える。

というか、どこもおかしくないし服装もきちんとしているのに、なにかが狂って見える。

「その会うは、合う？　それとも会う？」

「デートするほうの会う。」

アップルちゃんは言った。

「なんで?」

「もう他には行きようがないんだけれど、それでいいってもう決めてしまっているんだけれど、なんか仲間がほしいのね。だから会うの。」

アップルちゃんは笑った。

真冬の街はみんなものすごい厚着をしているのに、体温の調節がおかしいかのように、アップルちゃんは薄着だった。ぺらぺらのコートを羽織り、薄いストッキングをはいていた。ダウンをがっちり着込んだ寒がりの僕は彼女の全ての感覚の薄さになんだかぞっとする。

「ただ会うだけなんだね。」

僕は言った。

「私だけになった私になんか、あなたはきっと会わないよ。」

アップルちゃんは冷たく言った。

「なんでいつでもそんな薄着なの?」

僕は言った。

「寒いと骨がきれいになるような気がするから。」

アップルちゃんは答えた。

姉さんとは種類が違うけれど、これはこれでひとつ太刀打ちできないものではある。太刀打ちできないから、安心するんだ。なんということだ、と僕は思った。

これからいろいろなことがあって大人になっていく過程で、僕はアップルちゃんを失うのか、このままでいるのか、わからなかった。

そのときの僕が考えればいいことだ。

でも、今は時間が止まっていてほしい、冷たく冷えたアップルちゃんをひたすら見ていたい、そう感じた。


姉さんとおばさんとおじさんと数少ないいいとこなんかと、みんなで飛行機に乗ってオアフ島に行ったのは、それから一ヶ月後のことだった。

はじめてのハワイは、アップルちゃんにまるで似合わないイメージのところだった。

あの子は寒いところのほうが合うな、と僕はしみじみ思った。あいつ、あのおやじが好きだから、無理して来てるんだな、と思った。そんなバカなアップルちゃんだからこそ、いいなあと思うのだ。

僕は彼女に、彼女の言っていたその出店で小さな白い貝と緑の石でできたシェルレイを買った。

少しはハワイが似合う彼女になりますように、と思った。

しかしもっと南国が似合わないのは姉さんだった。タンクトップから出た太い白い腕、きちんとしたスカートの下にスニーカー。これほどおしゃれじゃない存在がいるのだろうか？ と僕は思い、結婚式の行われた次の日の自由な時間に、

「南国っぽい服を買いにアラモアナに行こうよ。」

と提案した。

「いいわよ。」

といつになく姉さんは陽気に乗ってきた。

前日の午後、無事におばさんたちの結婚式は終わったので、ほっとしていたのかもしれない。おばさんは中年なのに真っ白いドレスを着ていたが、きれいだった。はげてはいたがおじさんも落ち着いてかっこよく立っていた。青い海を背景に写真を撮ったり、花束を

姉さんにくれたりして、全体的に色彩が美しい式だった。猫背の僕の似合わないスーツ姿は浮いていたが、きちんとした服を着て浜に立つのはいい気分だった。すっと空に伸びていくような。

おばさんはやっぱり嬉しそうで、僕をぎゅっと抱きしめた。おばさんの匂いがして懐かしくて苦しくなった。確かに僕はこの人と暮らしていたんだ、そう思った。今は暮らしていないんだ、でも思い出っていいものだな、と思った。僕だけが僕のためにずっと持っていなくちゃいけないものなんだと。

おじさんも照れくさそうにスーツを着て、挨拶ばっかりしていた。久しぶりに見る親戚は知っている人も知らない人もビーチで見るとなんとなく幸せないい感じに見えた。ここにいるはずだった両親のことなども少し思った。そのとき姉さんが母さんの遺した着物を着ていたから、ますます思った。

アラモアナで買ったきれいな花柄の服に着替えた姉さんと、帰りにえぞ菊に行った。

「なんで僕たちハワイに来てまでえぞ菊なんだろう。」

僕はラーメンをすすりながらそう言った。

「でも、なんかほっとする。もう肉とか焼いた魚とかポキとか固いパンとか柔らかすぎるパンとか、たくさんよね。」

　姉さんは言った。

「だけどそれでもなんでもおいしいなあ。たまに海外で贅沢に外食ばっかりすると、文句は言っても、ほんとうはなんでもおいしいね。」

　変身した姉さんの伏せ目のまつげがあまりにもきれいだったので、麺をそうっとする仕草があまりにも上品だったので、もう食べ終わって水を飲んでいた僕は口からすらっとその言葉を出してしまった。

「いっしょに暮らしたい男はいないの？　もったいないよ、姉さん。」

　姉さんはぱっと顔をあげた。

「だって、コーちゃんと暮らしてるから。」

「いや、そういうのではなくって、ええと、性欲とかって、ないんですか？」

僕は言った。つい言ってしまったのだ。ハワイで時差ぼけでくらくらして、空きっ腹にあったかいラーメンで、僕はゆるみきっていたのかもしれない。

「ついに来たか。この日が。」

姉さんは言った。そして箸をいったん置いた。

「な、なに？」

僕は言った。

姉さんは目をそらしながらも、小さい声で言った。

「実は私は、女の人が好きなの。女にしか、性欲を感じないの。ずっと黙っていたけれど。」

僕はびっくりしすぎてしまって、冗談だと思った。

「冗談でしょ？」

僕は言った。

「じゃあ、見てみなよ。」

姉さんは淡々と携帯電話をいじって、ある写真を僕に見せた。

姉さんと、変なショートカットのおばさんがぴったりくっついている写真だった。

「この人と、時々会えば、全然オッケーって感じ。彼女は新宿二丁目でバーを経営していて、もう十年つきあってるの。」

「ほ、ほんとに？」

僕はうろたえた。

「うん。」

「なんで言わないんだよ。」

僕は言った。

「聞かれたことないから。わざわざ言うことでもないと思って。」

姉さんは携帯をしまって、ラーメンを食べることに戻った。

「少し考えさせてくれる？　意見がまとまらないんだ。」

僕は言った。

「別に意見を求めてないけれど、いいわよ。」

姉さんは静かに言った。そして顔を真っ赤にした。

「このことだれにも言ったことなかったから、今になって恥ずかしくなってきちゃった。もうなるべく突っ込まないで、忘れて。」

「忘れられねーよ！」

僕は突っ込んだ。飲んでいたビールの酔いが急に回ってきた。

満腹になったので、僕たちはゆっくりとワイキキの浜辺を散歩した。

「ねえ、コーちゃん、生きてるってなんだろうね、って考えたこと、ある?」

姉さんは言った。

「あるけど。姉さんはどう思うの。」

「私ね、わかったの。つまりさ……お風呂に行ったら、靴下の替えを忘れてきた、それで、それを取りに部屋に戻ったら、花瓶の花が枯れていて、それを捨てて、花瓶を洗って、そしたら靴下のこと忘れて、ひきかえして、また靴下を持ってお風呂に行って、それを置いてお風呂に入ったら、もうお風呂がぬるくなっていて、わかして、温まって、体を洗って、明日もあさってもきっと洗うってわかっていても洗って、お風呂を出て、靴下をはいたら、穴があいていて、まあいいかと思うけどすうすうして寒くて、そしてあきらめてその靴下を捨てて、また別の靴下を取りに部屋へ行く、それが生きているってことなのよ。果てしなく家事をしていたら、わかったの。」

姉さんは言った。

「なんか冴えなくない? それって家事はつらいってこと?」

よくわからずに僕はたずねた。

「違う違う。じゃあ、飲みに行ったとしましょう。居酒屋に行く、座る、マスターに挨拶、メニューを見る、飲み物から決める、相手がいたら相手とおつまみを相談する、そして注文して、それがひとつずつ来て、食べる。それが生きてるってこと。死んだらできない唯一のこと、つまり順番を追ってきちんと経ないと進まないってことだけなのよ。現実は。」

姉さんは言った。

「それだけかよ。」

僕は反発した。

「だってさあ、天国に行っても、きっとお酒は飲めるし。でもそこにはきっと順番はないの。きっとさ、思ったことがさっと叶うんだよ。父さんと母さんはそういうところにいるの。きっと。まわりの空気がゆっくりと甘くて、包まれてるみたいで、ハワイみたいなところだよ。こんなところに行きたいと思ったらひゅっと行けるし、私たちの顔が見たいと思ったら、すぐに来れる。順番はないんだよ。そこには。靴をはくのにはひもを結ばなくっちゃってことはないのよ。きっと。」

姉さんは言った。

「そうか、靴をはくのにまずひもを結ぶとか、食う前には箸を用意するとか、それが生きてるってことだって、いうことか。それはそうかもな。」

僕には少し彼女の言いたいことがわかってきた。

「絶対に順番を追って、体を動かさなくちゃいけないんだよ。それは入院してても同じなの。点滴の針を刺す、点滴開始、最後はチューブを抜く、体を動かす、ごはんの時間の前には検温があります、食後は薬を飲む。全部順番があるのよ。死ぬまではずっとあるんだ。死んだらなくなるものって順を追っていくことだけだもん。朝起きる、もうそこから始まるの。朝起きる、目を開ける、体を動かす、起き上がる、靴下をはく。」

姉さんは言った。

「姉さん、靴下をとっても大事にしてるね。聞いてると。」

僕は笑った。

「冷え性なのよ。」

姉さんも笑った。

「でも人生ってそれだけ？　ほんとに？」

僕は言った。

「ほんとだって。私、あんたを育てたからずいぶんと若い頃にそれに気づいてしまったのよ。この果てしなく続く順番が、永遠かと思うくらい終わらないこの雑事が、人生なんだって。そしたら発狂しそうになって、でも、その後ものすごく楽になった。死んだらできなくなることはこれだけだ、恋したり、酔ったようになったり、いい景色見たりするのはその順番の中のすてきな隙間。でもそれでもやっぱりその後にもその最中にも人は絶え間なく目玉だとか心臓だとか頭を順番に動かしてる。死んだら、この順番になっている雑事ができなくなっちゃうんだ、それは淋しいことなんだ、だから生きられるうちは生きていたほうがきっといいんだ、って。」

姉さんは言った。

「ねえ、やっぱりそれって悲観的すぎない？　もっと夢みたいなものじゃない？　おばさんがいい年してウェディングドレス着て、浜辺で写真撮ってるのがぷっと笑っちゃったりするけど、そういうのじゃない？　人生って。」

僕は言った。

「あんたは男だからねえ。まあ雑事の種類が多少違うのかもね。でもおばさんはそのあと着替えたりお化粧直したり親戚に気を遣ったりきっとしてるよ。今日だって、あんたもこれからその砂だらけのデニムを着替えるんじゃないの？」

姉さんは言った。

「それは、そのとき考えりゃいいんじゃない？　今からそんなこと考えて憂鬱になったり悲観する必要はないんじゃない？」

僕は言った。

「あんた、いいこと言うわね。実は最終的に、私もその結論に達したのよ。」

姉さんは僕をほめるときいつもそうするように、にこっと笑った。

「でも姉さんのその結論と、僕の行き当たりばったりの結論では、深みが違う気がする。」

僕は言った。

「あんたはまだ若いから。だから。雑事も少ないし、勘だけでしゃべってもいいのよ。」

姉さんは微笑んだ。

僕たちはホテルの前の浜辺に座った。

姉さんはサンダルを脱ぎ、白い素足を投げ出していた。

そしてラーメンのせいで鼻の頭がてかてかしていた。

僕は波をだらだらと見ていた。すごく暑いはずなのに、まひしているのかあまりにも天国のような空の色のせいか、気にならない。

向こうのほうで今日もいろいろなカップルが結婚式の撮影をしていた。花嫁はどんな年齢でもみんな真っ白だった。ベールもドレスのすそも。付き添いの子供たちも。ほんとうに天国みたいだ。遠くにはワイキキのホテルやマンションやコンドミニアムやショッピングセンターがぎらぎらと陽を受けて立ち並び、その前には長いビーチが無防備にその美しい砂の色をさらけだし、海は遠くへ消え入るように連なっている。

くすん、と姉さんが音をたてたので、振り向くとなんでだかべそをかいていた。

「どうしたの？」

僕は聞いた。

「そこの人たちを見ていたら、昨日のおばさんのお式を思い出しちゃった。きれいだったなあ。」

姉さんは言った。

「姉さん、花柄似合うよ。」

僕は言った。

「こんな服、東京では着れないよ。」

姉さんは鼻声で言った。

かもめが遠くを飛んで行く。飛行機みたいに光っていた。

そのとき、ふと、なんだよ、つまりはなんだってやっぱり姉さんの思う通りじゃないか、と僕は小さいときと同じように不満を覚えた。

僕はいつまでも姉さんといっしょ、姉さんの性欲はいつもばっちり満たされ、姉さんはえらいからいつも体を動かして働いていて、何かをもう決めてしまっている姉さんの庭は決して迷いで汚れることはない（ああ、だから僕は同じように何かを決めてしまっているアップルちゃんを好きなのか、と気づいてしまった）。真綿でしめられる僕の人生。全体が産まれてきたときの奇跡のおまけみたいな人生だ。

普通はみんな自分の母さんにこれをやられているけれど、親だから気づかないのだ。そして次は妻に一生これをやられるのだ。

僕はたまたま姉さんだからいろいろ見えてしまっただけなんだ。

でも最高だ、最高の歪みだ、とあまりにもきれいなビーチとビールの軽い酔いでごきげんな僕は思ってしまったのだった。そう思ってしまえる瞬間があれば、もうそれでいいんだ、と。

それはきっと、目の前に海があったからだろう。

巨大なホテル街にもＡＢＣストアにもおかされることなく、いつでも人を飲み込んでしまいそうなその青いきれいな布の連なりのようなものが、僕の目の前で静かに揺れていたからだ。

今度はかもめではなくって、ほんものの飛行機が銀色に光って空を横切って行った。青の中の銀はどうしてか死の匂いがする。ものすごい筋肉痛の朝みたいに、もう行き場のない苦しさを覚えるとともに、知っている感覚だと思う。

そして僕は思う。

たまたま酒を飲んで運転したあの男が、たまたま平和に散歩していた僕の両親を轢いてしまう、その運命の力について。誰にも止められなかったその出来事について。それから僕をこの世に引っ張りだした力についても思う。僕を生かした力、今ここで海を見ている若く情けなく姉さんにも絶対勝てない、なんとも冴えない僕をこの場所にまで連れてきたある力について。

それを偶然とは呼びたくないが、僕だけが生きているのはやはり、僕の人生になにか特別な意味があったからではない。

その中間の何か、糸を引っ張り合うような大きなものの中の小さな光の連なりのようなものの波に僕はうまく乗れていたのかもしれない。闇の中で、僕はどんな偶然にも打ち砕かれない小さな何かを持っていたのだろう。それが今も僕を動かしている力なのだろう。

「ねえ。」

僕は言った。

「今ハワイに来ていて、おばさんは結婚式をあげてハッピーになっていて、僕は姉さんといっしょにいて、これからもいっしょで、どっちもちゃんと恋愛してて、こんなふうに海がきれいでみんなきらきらしてて、それなのになんでなんかかなしいんだろう？　どうして去って行く船を見てるみたいな気持ちがするんだろ？」

姉さんはちょっと考えてからしゃべり出した。

「うーん、それはね、たとえばあなたがこれから就職したり、結婚したり、子供ができたり……そうそう、私は女同士で子供ができるはずないから、きっとあるとしたらあなたよね。それから赤ちゃんが育って、そういうこと？　新しい行事みたいなこと？　おばさんの新婚生活や、これからハワイ土産買って帰ること？　みんなまるで新しいことみたいに見えるよね？　でもきっと、全てはやっぱり去ってゆく船なのよ。きっと人はそうではないって錯覚したいだけなのね。」
ひゅうっと鳥が鳴くみたいな調子で姉さんはそう言い終えて、ちょっと笑った。
僕は頭の中できれいな白い波をたてて航路を去って行く、美しい船の映像を描いた。

銀の月の下で

「じゃあ、一足先に帰るぞ。」

朝六時にお父さんが部屋を出て行った。

「大丈夫よ、子供じゃないんだから。もう三十過ぎてるから。」

私はベッドの中からぼうっと返事をした。

「気をつけてね。水野さんは？」

私はたずねた。水野さんとはお父さんのガールフレンドである。

「春香ちゃんがどうしても起きないから、寝ぼけたまま直接ロビーへ連れて行くって。よろしくって言っていたよ。おまえも気をつけてな。夜中にふらふらしたりするんじゃないよ。明日までのホテル代は精算していくから、電話代とか飲み物とかだけ、チェックアウトのときに払ってな。着いたら電話入れるね。」

お父さんは継ぎ目なくどんどん言った。これから空港へ向かう人特有のあわただしい雰囲気が彼のまわりを取り巻いていた。

「はーい。」

そう言ったら、ばたんとドアが閉まった。

私はまたふとんにもぐりこみ、鳥の声を聞きながらまた眠りに入っていった。窓の外だけが極彩色の世界に生まれ変わりつつある。それはつまり今日一日が生まれ落ちる濃い瞬間なのだった。遠くまで、朝の光で海がかすかに照らされている。

お父さんと水野さんの共通の知人が小さな交通事故にあったそうで、お見舞いに行くために私といっしょにハワイ島に来ていたお父さんと水野さんと前夫との間にできたおじょうさんの春香ちゃんの三人は一足先に帰ることにしたのだった。

私だけ予定通りにあと二泊していくことにした。

私は熟年カップルのお父さんと水野さんのバカンスにくっついてきた、基本的にはじゃまものなはずなんだけれど、もうひとりのじゃまものであるところの春香ちゃんがいたから気にならなかったし、夜はいっしょにごはんを食べたり、昼間はひとりで買い物をしたりして、とても楽しく過ごしたのだ。四人がいろいろなフォーメーションで組み合わさって自由に過ごした八日間の日々だった。

ああ、昨日まではにぎやかで楽しかったなあ、今日はひとりなのか、と思うとふうっと淋しい感じがしたけれど、解放感もあった。とりあえずゆっくり寝よう、それで起きてから考えよう……なんて幸せなことなんだろう、ぜいたくなんだろう。最高だ、そう思ってふとんの中でにこにこした。

「今度のハワイ島についてくるか?」

とお父さんが言い出したのは、先月外でいっしょに食事をしているときのことだった。最近会ってないな、と思ってお父さんに午後遅く電話してみたらたまたま向こうもずれたお昼休みの時間で、ランチに出てくることになった。日本そば屋でそばを食べながら、急にお父さんがそう言い出したのだった。

私がお父さんといっしょに暮らしていた実家を出てからもう五年くらいになる。同じ町に住んでいるし、私はお父さんの出版社のデザインの部署で仕事をしていて働いているビルも隣だから、通勤の電車で会うこともしばしばでいっしょに住んでいた頃と気持ちはあまり変わらない。お互いに仕事が忙しくて、互いのビルを行き来してもお父さんに会社で会うことはなかなかない。働くようになってすぐにすごく忙しくなったが上司や同僚に恵まれているし、いろいろな人に会えるのであっというまに時間が過ぎた。

「ほんと？　ハワイ？　行きたいけど。」

私は言った。このところ全く休んでいなかったので、多分休みは取れるだろうという時期のことだった。

「でも水野さんとバカンスで行くんでしょう？　悪いよ。」

「水野さんだけでなく、春香ちゃんがいっしょだよ。だからいっそみんなで行こうかっていうことになって。」

お父さんは言った。

「またコンドミニアムにするの？」

私はたずねた。このカップルは夜型なのでたいていコンドミニアムに泊まると聞いていた。

「そう思ったんだけど、家事が面倒くさいからホテルにするってさ。」

お父さんは言った。

お父さんは編集者で、水野さんというのはお父さんの会社の文学賞で新人賞を取り、ずっといっしょに本を出してきた小説家だ。五年くらい前からふたりはつきあいはじめた。

なにかとうわさになるから、ということで担当をはずれたみたいで、今はお父さんの部下が水野さんを担当している。

水野さんは子連れ離婚をしていて、春香ちゃんとふたりで暮らしている。

私たちはよくみんなでいっしょにごはんを食べたりする。自由でさばさばしていて距離がある、わりといい関係だった。全員が密着型の家族に一度は疲れてから集っているので、多分意識的にさばさばしているのだった。

「水野さんに相談してみたけれど、ちっともかまわないって。今回はプライベートな旅行なので会社からの経費は使わないし、部長にも話してみたけれど問題ないと言っていたんだ。」

お父さんは言った。

「お父さん、私の気持ちを聞く前にちゃんと手はずを整えていたんだね。」

私は言った。

「怒った?」

お父さんは言った。

「ううん、むしろ嬉しい。」

私は言った。

「じゃあ、行こう。」

お父さんは笑って言った。

普通女親は離婚しても子供を手放さないというが、お母さんは愛情がないから私を置いて行ったのではなく、

「私たちと離れたらどんな不規則な生活になるか、目に見えている。お父さんが心配だからいっしょに住んであげてくれる？　あたしはどうせいつどこにいてもコホラだけのお母さんだから。」

と頼まれたから私はお父さんの元に残ったのだった。そんなお父さんに今さら気を遣ってもらってもな、と思ったけれど、この歳になって親に優しくされるのはいいものだった。

コホラ、という私の変な名前はハワイ語で「クジラ」という意味である。新婚旅行で行ったハワイでクジラを見に行った日に私ができたので、その名前にしたのだとお母さんが言った。沖でクジラがたくさんたわむれていて、私たちはとても幸せを感じてもりあがってしまったのよ、とお母さんは言っていた。

時々想像する。三十数年前、私の親となる人たちがクジラが見えるヘイアウのもう朽ち果てた建物の残骸の中を通り抜け、並んで崖に立っている姿を。そして、沖には小さな水しぶきや黒い背中がちらりちらりと見える。子育て中のクジラは光の中、親子でたわむれている。大きな背中と小さい背中が波の中に見えている。雲の切れ間から光がさして、その果てしない世界を照らす。

そしてそんな時は過ぎて、みんな散り散りになった。私は一人暮らし、お父さんも一人暮らしの独身貴族。お母さんは再婚した。

それでも、その美しい午後はまだいない私を含めて永遠にきれいなフレームの中に収まっているのだ。


水野さんはどちらかというと控えめな女性で、存在そのものが静かだった。空気清浄機のような人だと思う。植物のようとも言える。

いるだけでまわりは落ち着くし、どこまでもマイペースなのに人のことをちゃんと見て気遣っているから、あれこれ気を遣わなくていい。春香ちゃんはおしゃまでおしゃれに興味がある小学生で、かしこくて人懐っこいのでちっともいやと思わなかった。もちろん私ももうとっくにお父さんのひとり娘でいたい年頃ではなかった。

私たちは家族ではない。歳もめちゃくちゃ。でも、普通の人たちよりもずっと親しい関係で、つきあいも長く、けんかしたこともあれば楽しいことを共有したこともある。春香ちゃんが水疱瘡になったときは私が泊まり込みで看病に行った。お父さんにもしものことがあれば、それを分かち合うのはお母さんよりも水野さんだろう、と思う。そしてそれは私にとってとても幸せなことであった。

いっしょの旅行はなんの気兼ねもなくただ楽しかった。みんながのんびりした気持ちでうまく予定が回ったというのもあるだろう。

水野さんの提案で、私とお父さん、水野さんと春香ちゃんが同じ部屋だった。私はちょっと申し訳なく思って、よかったら春香ちゃんと同室になる、と提案したのだけれど、たまにはそれぞれ水入らずで、と言って水野さんは譲らなかった。

「春香がどうせ夜中に淋しがるし、たまに部屋を交換したら『さあ、今夜はやりますよ！』みたいで恥ずかしいじゃない。なんといっても今回は家族旅行がしたいのよ。みんな忙しくてなかなかゆっくりできないから。」

と水野さんが静かに言ったので、みんな妙にしっかりと納得した。

広くて日本人があまりいないホテルのダイニングでお父さんと私と水野さんと春香ちゃんと四人でごはんを食べていると、じわっとしたなんとも言えないくつろぎを感じた。家族的な雰囲気と、自分がここにいるのがしみじみと求められていて居心地がいい感じだった。私はちょっとなら英語を話せるし、春香ちゃんの面倒を見ることもできるし、好かれているからだ。

日頃の疲れや錆《さび》のようなものを全て落としきって、なにものでもない自分になって、春香ちゃんの小さい手と手をつないでジェラートのはしごをしたり、Tシャツだとかマニキュアだとか化粧品だとかを買っていっしょに試したり、TVを見てげらげら笑ったりしていたら、どんどん気持ちが軽くなって楽しくなっていった。

春香ちゃんは基本的にむつかしい子ではなくって、ちょっとすねたりしてもすぐに仲直りできたし、時差ぼけで寝入ってしまったときなど天使のようにかわいく幼く見えた。おねえちゃん、と私のことを呼んでくれたので、しっかりしなくちゃ、と思っていたからはきはきできて楽しかった。なまけものの私は、他人がいないとしっかりすることはなくて、下手すると海を眺めては一日中寝ているような人間なので、春香ちゃんの活気はうっとうしいというよりも新鮮だったのだ。

私はお父さんと水野さんをなるべくふたりきりにしてあげようと思っていたからあえて春香ちゃんといるようにしていたのだけれど、思いのほか幸せを感じた。その小さい手から、すべすべのお肌から、はちきれるような笑顔から、私のほうがいっぱいの力をもらった。世話してもらっているのは私のほうだと思った。プールにいても春香ちゃんは泳ぎや遊びに夢中にならずに、きっといつも春香ちゃんを心配しているであろう私に気を遣って、ちゃんと見えるところにいてくれた。母子家庭の暮らしが長いからこそそういうところが大人なのだな、と私は感心して、その気遣いに甘えさえした。

ビーチバーでこっそりとカクテルを飲んじゃったり、夕陽を見に遠くまでいっしょに歩いたり、いろいろな冒険をいっしょにした。

ずっといっしょにいたので、まだ春香ちゃんの笑い声が耳元に聞こえてくるようだった。

いちばん楽しかったのは「妹みたいなものと、もう一段階親しくなったこと」かもしれないな、と私はひとりで微笑んで、眠りに入っていった。

ひとりになったその午後、目が覚めて、コナの街へとレンタカーでひとりごきげんに移動した私は、あの小樽の旅を、どうして思い出したのだろう。

偽家族の旅行が楽しすぎたからだろうか？

それは突然やってきた。

コナのメインストリートを、海を眺めながらとても幸せな気持ちで歩いているときにふいに、まるでトンカチで殴られたみたいに急に、そして生々しく苦しく、あのグレーの空と悲しい気持ちがむわっとこみあげてきたのだった。

それはお父さんとお母さんが離婚して、お母さんと別々に住むようになってから初めていっしょに旅行へ行くことになった十六歳の冬のことだった。

行く先はお母さんが小さい頃住んでいたことがあるという、小樽だった。

そのとき私は十六歳で、大人とはまだ言えないし子供でもなく、それでも他の十六歳よりは幼いなと自分で思っていた。

ボーイフレンドがいたこともあるけれど、遊びみたいなおつきあいで別れてしまったし、両親の離婚が生まれて初めてのショックなことというくらい何もないこれまでの人生だったし。

ふたりは私が十歳くらいのときからほとんど別居状態だったので、こういう日が来るのはわかってたよ、と思っていた。

それでも離婚の日の朝、私は少し悲しかった。

もう戻れないんだな、子供のときには。私のことをいちばんに考えてくれて、私が小さかったしばらくのあいだは力を合わせて私を育ててくれたふたり。デパートで右の手をお母さん、左の手をお父さんとつないで、安心して歩くことはもうないんだな、あたりまえだけれど。

そう思ったら、涙が出てきた。花曇りの空に薄い雲は幾重にも重なり、光は見えなかった。これからの人生があのすてきな時に戻って行くことだけはないんだ、と私は自分の身にしみこませるかのように思った。

だから、これからの人生をすてきにしていきたいな、かすかにそうも思った。

それから、私は離婚はしたくない、そうも思った。離婚はいろんな意味で悲しすぎる。まだ咲いてない花のつぼみを茎からばしっと折ってしまったみたいだ。なじんだ毛布をごみ袋に入れてごみ捨て場にぽいっと捨ててくる帰り道みたいだ。切れようがないものをぶちっと切った残骸が風でひらひらしているみたいだ。

そしてそのとき「私は時間をかけてちゃんと相手を見て、離婚しなくてよさそうな人といっしょになりたいです」といるのかどうかもわからないけれどなんとなく上の方に向かって神様に本気で祈った。

そのせいか私はまだ独り身なのであった。相手が結婚話を持ち出してくると、私はいつでもひいてしまう。絶対長く続く気がしないからだった。そのくらい、長く続く関係というのはむつかしいということなのだろうか？　ごめんなさい、ずっと愛し続ける自信がないから、と別れてしまう私はまじめなのかいいかげんなのか自分でもわからない。

その、十六歳の冬の小樽への旅行のこと。

やっと忙しいお父さんとの二人暮らしにも慣れてきた頃のことだった。

お母さんと小樽に旅立つ一週間くらい前に、突然お母さんの恋人で後に夫となる小林さんというおじさんも旅行に来ることになったと聞かされた。

それはちょっといやだったが、今や小林さんのほうが私よりもお母さんに会っている頻度は高い、ふたりはほとんどいっしょに住んでいるくらいなのではないか、と思われた。なので、自分にはもう口を出す権利がないような気がして、もやもやしながらもとにかく目をつぶってよしとすることにした。

飛行機の中でもずっと胸がつかえていた。

これからのお母さんの人生は常に小林さんといっしょなのだから、あたりまえのことではないか、そう自分に言い聞かせてみても、楽しみにしていた旅の行きたかったところやお母さんのいない生活の思わぬところで襲ってくる淋しさについて素直に話そうとしていたことが、全部いっぺんに固く閉ざされてしまって、気が重くなった。私はお母さんを独り占めして、離婚で失われたものを取り返そうとしていたのか、それともなんでもないことだと確認したかったのか。

そんな私の幼いもくろみは大人の現実の都合の前に、全部崩れ去ってしまった。空港に降りても気持ちは浮かないままだった。ホテルに着いたらさらに驚くことが待っていた。

ふたつ部屋を取ったのなら、ひとつにはお母さんと私が寝るのだと思っていた。そして小林さんがもうひとつの部屋にひとりで寝るのだろうと。

でも、そうではなかった。

チェックインのとき、私がひとりの部屋、お母さんと小林さんがダブルベッドの部屋に当然のことのようになったのだった。じゃまものはいつのまにか自分にすり替わっていたのだ。そのときから私の笑顔は凍り付いたままになった。無邪気だった自分が呪わしかった。

晩ごはんを食べに行き、みんなでいくら丼やうに丼を食べて笑っている間も、ずっとひとりで部屋に帰ることがぼんやりとひっかかっていた。私は今にも泣き出しそうだった。いくらは新鮮でぷちぷちと音をたてそうだったけれど、味を感じず、飲み込むのがやっとだった。重い悲しみの塊がのどのところまで上がってきていた。

多分泣き出したならお母さんも小林さんも真顔になり、私を気遣ってくれただろう。そしてもしかしたら部屋を代わってくれたかもしれない。でも、望んでいたのはそういうことじゃなかった。全然違った。私の欲しかったものは私とお母さんの旅行に小林さんがついてきちゃうことであって、ふたりの旅行に私が連れてきてもらうということではなかった。

私はもう高校生で大人だったから、子供じゃないんだから、私はお父さんと住んでいてお母さんとは友達のようなものなんだから、納得しなくちゃいけないんだと私は店のトイレで深呼吸して何度も自分に言いきかせて涙をこらえた。でも涙はあとからあとから出てきて私は苦しくて自分の鎖骨の下をぎゅうと握った。それでも涙は止まらなかった。

窓の外は雪だった。割れた窓ガラスの隙間から刺すように冷たい空気が入ってくる。どんな小さな隙間にも雪が入り込んできた。寒い、なんて寒いんだろう、家族がばらばらになっていく道はなんと険しいんだろうと私は思った。

席に戻ると、当然だとは思うけれど、お母さんははしゃいでいた。私の赤い目にも鼻声にも決して気づくこともなく、小林さんと笑い合っていた。

婚約者との旅行に娘まで連れてきてあげて、みんなで円満に過ごしている、大丈夫、人生うまく回っている、そう思いたい、今思えばお母さんも不安ではしゃいでいたのであって、そういうはしゃぎの中にも、やはりさすがは親、私の中に何か不協和音が生まれているのがわかったのだろう。ますますはしゃいでやりすごそうとした。

「コホラちゃんは、昔うんと小さい頃、初めて北海道に来たとき、寒いから一歩も外に出ないって言いはったんだよ。雪祭りのとき。それで私もつきあって、ホテルの部屋にいたよね。ルームサービス取って。」

お母さんがそう言ったとき、私の中の意地悪な心がもうどうにもおさえきれなくなった。

「あの頃はお母さん、私しかいなかったもんね。よくいろんなところに連れて行ってもらったね。」

私は言った。

大した意地悪じゃなかったけれど、小林さんの表情がすっと硬くなった。

「その言い方はよくないよ、コホラちゃん。」

お母さんはこれもまたさすがだと思うのだが、その場で言った。

「これからも、あんたと私は、ずっといろいろなところへいっしょに行くんだよ。もしもそれぞれの相手は変わっても。わかる？」

小林さんはぷっと吹き出し、

「なんだよ、それ。」

と言った。

「だって親子だもん、一生親子だもん。まだ小林さんと私は夫婦になりきってないもの。それに他人だもの。他人には気を遣うよ。」

お母さんは言った。

とにかく正直な人だった。

まだ純情でかたくなだった私は、その場をどうしていいかわからなくなり、

「私は小林さんといっしょで全然かまわないよ。お母さんがはしゃいでると、少し悲しいだけ。いろんなことが懐かしいだけ。」

そう言ったら、涙がぽろっとこぼれた。

言ってから懐かしくなったのだ、ほんとうは。

子供の頃、お母さんとお父さんは、今のお母さんと小林さんみたいに楽しそうだったのだ。その頃は三人で旅行して、三人で寝て、三人で目覚めたのだ。

「それはそうだよな。俺、来なきゃよかったな。せっかくお母さんと旅行なのにな。」

小林さんは言った。

その顔が本気で叱られた子供みたいだったので、あ、言ってみてよかったんだ、と思った。イメージの中の、あたりかまわずいちゃつく男女から、急に小林さん個人が立ち上がってきた。

「でも、一回目をやってみないと、二回目も三回目もないんだよ。」

お母さんは言った。

「次にどこかにいっしょに行きたくなったとき、三人で行く形を経験してると楽じゃん。」

なるほど、と私は思った。

言いくるめられてひとりぼっちに慣れたのではなく、私はそのやりとりをしたおかげで、平和にひとりの部屋で眠ることができた。私の明日はどっちだろう？　どんなふう？と思いながら。もう自分でも自分がわからなかったのだった。

ほんとうは廊下でお母さんに「小林さんともちゃんと話し合ったけど、今日はあたしといっしょに寝る？　全然かまわないよ。」と真顔で言われたのだが、

「気持ち悪いからいい。」とちょっときつい言葉ではあったが、きっぱり断ることができた。

それでもあのお店で、みじめで情けなくて店内は顔が火照るほどに熱くて、でもトイレは情けないほど寒くて、救いを求めてもだれも来ないし、泣きやんで席に戻るしかなかった自分の、あの絶望的な気持ちを私は忘れられなかった。

確かに私はあのとき、恥ずかしくてもなんでもとにかく自分の意見を言い、自分の足で立つことを初めて知った、そんなしっかりした思い出が残った。今となってはただ懐かしいだけの話だ。

なのに小樽を思い出すと、雨と雪の混じったようなものが常に降っている印象と共に、灰色の空が海と一体になってはるかに続いている景色が浮かんでくる。夜の道に光る雪は

美しかったが私の目には入らなかった。

私はお母さんと今でもいっしょに旅行をするし、小林さんを交えて食事したりもするし、お母さんとふたりでごはんを食べることもあるし、お母さんがうちに来ることもあるし、私が遊びに行くこともある。でも、三人で旅行に行くことは、どうしてだかあれ以来一度もないのだ。予行演習をして損したな、と私は何回か思った。お母さんの、強い人特有の割り切った残酷さをいっしょに思い出してしまうからだ。

私はもう憎んではいない。反発もない。

お母さんの、場を支配するほどの輝きに救われたことも何回もある。

それでも思うのだ。強い人であるお母さんは自分で決めた正しい道を歩んでいけるけれど、その強さはあの日、私の中にあった最後の子供らしさ、かわいらしさをすっかり殺したと。

午後のコナの街にさんさんと降る光の中で、今とそのときではなんと全てが違うのだろう、と私は愕然《がくぜん》とした。

よく考えたら、私はお父さんと水野さんといっしょに旅行したことがないから、ある意味とても似た状況だったのに、全然違う。私の年齢も違うし、自立していることからくる落ち着きもあるし、春香ちゃんもいたし、水野さんとお父さんの静かなつきあい方も違う。私はちっとも気詰まりではなかったし、それにみんなと別れた今も、みんなの笑顔が心に焼き付いていて、声が耳の中に残っている。春香ちゃんとつないだ手のあたたかさがまだ手のひらに残っている。

ああ、私は楽しかったんだなあ、と思った。自分でも気づかなかった、自分がそんなに楽しく思っていたことを。

午後のホテルは泳ぎに行く人と泳ぎ終えた人と、散歩の人と観光客、買い物をする人たちといろいろな人が熱い陽射しの中を夢の中のように行き交っていて、建物も陽にさらされて真っ白で、天国にいるように思えた。

ふと、春香ちゃんの言っていたことを思い出す。

「ホテルの部屋のベランダから顔を出していると、うっとりするような風が吹いていて、家に帰ってからハワイのこと思い出すと、いつもあの風に甘い匂いがついていたように思うの。」

ベランダに干した洗濯物を取り込んでいたら、ソファに座っていた春香ちゃんがにこにこしてそう言ったのだった。

私たちはもうちょっとだけ時期がずれていたら、いっしょに暮らしたりほんとうのきょうだいだったのかもしれないんだなあ、と思いながら、私は聞いていた。

そして春香ちゃんの言うことはほんとうだ、と思った。

ハワイでだってよからぬものはたくさん見るはずなのに、家に帰るといつだって思い出すのは蜂蜜のようなこの甘い風の匂いなのだ。


そこで、私は知っているものが視界に入ってきた驚きで全てをすっとばして何を考えていたのかも忘れてしまった。

前から歩いてきたのは、アロハシャツを着てサングラスをかけ、真っ黒に焼けている広田さんだった。髪の毛も真っ黒でなんだか濃い影のように見えた。

幼い頃から面識がある作家さんで、ものすごくむつかしい純文学を書いていて、遊び人とも言われているしものすごい堅物という噂もある、謎に包まれた、多分四十代、独身の人だった。自分の本を自分で英訳して出版し、海外でいくつかの賞もとっている。ずいぶんと長いあいだ北欧に住んでいて、最近帰国したというのをお父さんから聞いていた。

私は彼がいることにとてもびっくりしていたが、彼があまりにも自然にそこにいたので、すうっと納得してしまった。

それはちょうどフリヘエ宮殿のところだった。宮殿といってもそれは普通の大きな家という感じで華美な装飾はない建物なのだが、王族が好んで住んだだけのことはあるすばらしい風格があった。

その静かでおもむき深い家の芝生の庭の前あたりを、彼が向こうからゆっくりと歩いてくる光景を私は一生忘れないだろう。

彼は特別にハンサムでもなく、すらっとしていて姿勢がいいが、平均以上に背が高いわけでもない。肩幅はがっちりとしているが、特に体格がいいわけでもなく、むしろ細い印象を与える。顔も特にはっきりした顔立ちではない。見た目に特徴があるわけではないのだが、独特の雰囲気がある人だ。あごが尖った横顔は今にも消えてしまいそうでもあるし、濃くてまわりから浮いているようでもある。

でも、私はなんとなく彼から何かを感じていた。昔からだ。野生の匂いのようなものというか、静かな情熱というか、執念深さのようなものだ。それはある種の人にしかわからないセクシーさとして感じられた。

「広田さ〜ん！」

私はすれちがう少し手前のところで言った。

「あ、坂口さん、あと……くじらだから、ええと、コホラちゃん。」

広田さんは言った。

「失礼しました、一度で名前を言えなくて。ハワイ語でくじらだな、っていうのは覚えていたんだけれど。」

私は微笑んだ。

「よく変な名前だけどそのわりに覚えにくいね、って言われます。こんにちは。」

「なんでこんなところで会うんだろうね！」

広田さんは笑った。

青い空を背景にして、光や風を背負って。

広田さんはひょうひょうとしているようで目が鋭い。目が笑っていないたぐいの鋭さではなくて、もっと奥の奥を見ているような、表面にまどわされまいとして心を静かに保っているような、そういう目だった。

「今朝までは水野さんと春香ちゃん、うちのパパもいたんですよ。」

私は言った。

「水野さんか……懐かしいなあ、最近会っていないし。僕はよくひとりでハワイに来るんです。」

広田さんは言った。

「知り合いがコンドミニアムを買っていて、そこに滞在させてもらって仕事をしているんだけれど。」

「執筆は進んでますか?」

私は言った。

「ちっとも進んでいません。読書だけが進んでいきます。」

広田さんは笑って、言った。

「お昼は食べた?」

「いいえ、今からどこかで食べようかな、って思っているところです。」

私は言った。

「じゃあ、サンドイッチを食べに行きませんか? すごくおいしいんですよ。あと、最高のジェラートを売ってるところが同じショッピングモールの中にあるんだ。」

広田さんは言った。

「僕はそこを目指してふらふらと出てきたんだけれど。」

「ぜひごいっしょさせてください。」

私は言った。広田さんはじゃあ歩いて行こう、と言った。

「それよりも、ちょっとこの家の中を見ませんか？　すごくいい家なんだよね。さすが王族が住んでいただけのことはあるね。」

「ああ、一度ちゃんと見たいと思っていたんです。」

私は言った。

入り口では入館料を受け付けている静かなおじいさんが、地震のダメージで二階へは行けないことを了承してください、と言った。コアウッドでできた重厚な階段を見て、二階がよさそうなのに、と私たちががっかりすると、おじいさんはごめんなさい、と静かに言った。こんなに地味に見えるアロハシャツを見たことがないな、とその薄いブルーを見て私は思った。

広田さんと私はバルコニーから海側の庭へ出た。

とても明るくて光がたくさん入っていた家の中から出たというのに、芝生はもっと明るくて目の前に海とアフエナヘイアウが見えて、急に何かが開けたような、甘酸っぱい感じがした。主のない家や神殿が風に吹かれている。

「みんな終わった後の乾いた感じがする景色だね。」

広田さんは言った。

「二階にずいぶんひびが入ってる、すごい地震だったんですね。」

二階のバルコニーを見上げて私は言った。

これでは観光客を上げることはできないだろう、というくらいのひびが家を分けるように入っていた。

ますます乾いた景色だというのに、淋しくはなかった。手入れされた芝生、静かな波音。不思議な静けさがあたりに満ちていた。これこそが時間を経たものの重さ。これまでにいろいろな人がここに立ち、海を見つめ、もの思いにふけった積み重ね。

「ここに住んだらどんなにすばらしかっただろうね。」

広田さんは言った。

「時間が止まっているようだね。ここに切り取られた景色の中に全てが入っているような美しさだ。」

「そうですね、頭の上の上のほうが、静かに落ち着くような感じがします。」

私は言った。

そしてのど元まででかかった言葉があったが、それを広田さんは私よりも先に言った。

「天国ってきっとこういうところなんだろうなあ。」


広田さんが連れて行ってくれたヴェトナムサンドイッチのお店はそこから十分ほどのショッピングモールの中にあった。ふかふかしたパンにスパイスのきいた豆腐とピクルスやハーブが入っているのと、やはりスパイシーな鶏肉がはさまっているのと、二種類を買ってふたりで分けた。味の組み合わせがとてもおいしかったのでふたりは無言で、大口をあけて食べた。お店の内装はそっけなくてほんとうにヴェトナムに来ているような錯覚をした。フランスと中国とアメリカが混じったような、不思議な内装の店がヴェトナムにはいっぱいあって、モールの中でちょうどその店の中だけがそんな感じだったのだ。

それからその並びにあるジェラートの店に行って、食後のデザートだと言いながら、アイスを食べた。たくさん試食をして、ふたりで四つの味を選び、カップに盛ってもらって外の椅子に座って交換しながら食べた。

ショッピングモールの通路を歩く人たちはみんなゆっくりと動き、車が次々に巨大な駐車場に停まっては出て行く。いつもの午後、いつもの退屈の匂いがした。それでも私は退屈していなかった。となりにいる広田さんの頭の中にぎっしりとつまっている小さい宇宙の匂いが私まで包み込んでいて、一刻一刻が意味のあるものに感じられたからだ。

「このリリコイっていうの、なんのことでしたっけ？　すごくおいしい。いちばんおいしいかも。」

私はアイスを食べながら言った。

「パッションフルーツのことだね。」

広田さんは言った。

そう若くはない、真っ黒に焼けたふたり。ひとりはアロハシャツを着て、ひとりはハイビスカスプリントのワンピースを着て、ショッピングモールの椅子に座っている。あまり会話もしないのに、落ち着いている。まわりの人たちからは夫婦に見えるかもしれない私たち。でもひとりはむつかしい小説を書く変人で、ひとりは結婚に全く興味のない人生を続けていくつもりの人間。

私は昨日まで春香ちゃんといっしょに子供扱いされて幸福な家族の長女ごっこをしてい

たのに、今は広田さんと当然のことのように仲良しごっこをしていて、不思議だった。日本にいるとそんなことをしていても空しいのに、この甘い風の中ではなんでも自然に流れていってしまう。きらきらした光がまぶしくて目を閉じると、全部消えてしまいそうなくらいにきれいだ。

別れるとき握手をしたら、広田さんの手は大きくて柔らかかった。いっしょにいる時間の一瞬一瞬が輝いている、そしてどうしてだか自分がとてもはっきりとした輪郭の存在に感じられる。彼の目が私を見ていると、私はなぜか私に戻ってしまう。なぜだかわからないがそういう作用があった。彼の深みが自然に私の深みをとらえたのだろう。

「とっても楽しかったです。」

私は言った。

「そんな社交辞令はいいから。」

広田さんは笑った。

「ほんとうのことを言ってくださいよ、つきあわせて悪かったかなって思ってるんだ。」

「では言います、ほんとうに楽しかったです。そしておいしかった。私ひとりだったらきっとおいしくないものを食べて少し気持ちが沈んでいたかも。ひとりは大好きなんですが、さっき急にひとりになって、少し淋しかったんです。嬉しかった。」

広田さんは照れて少し笑った。サングラスの奥の目が月のように細くなった。

ひとりで道を歩いていると、もう広田さんが恋しかった。別れがたかったんだ、と私は自分の淡い恋のような気持ちを自覚した。でもこの気持ちはどこへも行かない、それを私は知っていた。

たとえば人に恋をする、そばにいたいと思う。少しでも一秒でも。それを私は同棲や結婚と結びつけたりしない。特別なこととも思わない。

でも、いつも特別なことを待っている人は、きっと違うのだろう。

幼かった私が母との旅行を心待ちにしていたように、なにかを待っているのだろう。

お金が特別だと思っている人は、お金を手に入れるのが大変になるし、恋をしたり伴侶がいることを特別な状態だと思っている人は、きっとなかなかそういう相手が出てこないだろう。

自分にとって特別でない、あたりまえのことならなんでも手に入る、そういうふうに私は思う。だけれどそれがつまらないから、みんなきらきらした目でなにかを待てるのだろう。

いろいろな人とつきあってきたが、そういうふうに思うのだ。私はどこへも行く気がない。引っ越すのは自分が引っ越したいときだし、生涯ひとりで暮らしたいから、他人を巻き込んだ人生設計をしない。前に恋人が近所に越してきたことがあった。家に寄ってごはんを作り合ったり、いっしょにTVを見たりしていると、確かに私は特別に幸せだった。そう、日常を共有することが、私にとってはどうやら特別なことで、それなのにそれを私は待っていたり惜しんだりできなくなっていた。夢は見始める前にいつでもしぼんだ。

彼が家にいりびたることを私はいやがり、淋しがりやの彼は去って行った。しばらくのあいだはフライパンを見るといつでも淋しくて「ほら、こういうことになるからああいう楽しさはいやなんだって」と思った。でも、それだけだった。

親の離婚のせいだとは言わないけれど、そのあとひとりでこつこつ作ってきたもののほうが、私にとってとても大切なものになってしまったのだろう。

だから水野さんと春香ちゃんや、仕事が忙しく家にはいなかったお父さんや、広田さんみたいな人たちが、私には楽だった。永遠にいっしょに暮らそうと言いだしそうにないから。

広田さんと別れてすぐに何かが切り替わって、私はひとりで過ごすことを楽しみ始めた。春香ちゃんのかわいい手がいつも近くになくても、なにか足りないと思うあの感じが消えていた。

午後の光がじょじょに傾いてきたので、私はホテルに戻ってレンタカーを返すと、さっと水着に着替え、ホテルのビーチに行った。人工ビーチではあるのだが海亀といっしょに泳げたりするし、ちょっと手前のほうではホテルで飼っているイルカがジャンプの練習をしているのも見える。

ほんとうは近くのビーチに夕陽を見に行こうと思っていたのだが、おなかいっぱいで眠くなり、面倒くさくなったので、私はごろごろ寝転んで汗をかきながら本を読んだ。あまりにも暑くなると水に入り、体を冷やしてまた乾くまで本を読んだ。陽がどんどん傾いていく。陽射しの透明さが増していく。金色が木々を照らす。

五時過ぎくらいに、携帯電話が鳴った。まだお父さんたちはついていないはずだし、知らない番号だったので、おそるおそる出たら、広田さんだった。さっき番号を教えたのだが、こんなにすぐにかかってくるとは思わなかった。

「さきほどはありがとうございました。」

私は言った。

寝転んで空を見て、気にいっている人の声を聞くのは最高だった。

「僕、ハプナビーチに夕陽を見に行くけれど、いっしょに行きませんか？　車で迎えに行きますよ。」

広田さんは言った。

「今、コホラさんのホテルの近くにいて、そういえばと思ったんです。すぐ寄れるから、行きませんか？」

全然動揺していないし、ちっとも臆していない。気にいった人と過ごすのは、彼にとってもあたりまえのことなのだ。私にはそれがよくわかった。

「いいですよ！　レンタカーをもう返してしまったので、もうここから出ないつもりだったんです。嬉しいなあ。ハプナビーチって、砂が白いところですか？」

私はたずねた。

「そうそう。今日の夕陽はけっこういいと思うよ。」

広田さんは言った。

「でも、今もう五時半だから、急がないと。日没は六時十五分だったかな。」

「わ～、じゃあ水着のままで行きます。今ホテルのビーチにいるので。」

私は言った。

「このホテル、ここからなにか乗り物にのるか、二十分歩かないと部屋にもロビーにも行けないんですよ。」

「知ってる、知ってる。そこの信じられない広さは身をもって知ってる。」

広田さんは笑いながら言った。

「じゃあ、正面の車寄せに迎えに行くから。だいたい二十分後に。」

泳いでから時間がたつので、私の体はすっかり乾いていた。髪の毛だけ外のシャワーで流してごしごしふいて、洗いたての犬のようにしばらく陽に干して、Tシャツを着てパレオを巻いた。もう西日になっていたのでそんなに陽ざしは強くなく、心地よい風が体を冷やした。ちょうどやってきた船に乗って、ロビーのある建物へと向かった。ホテルの中の小さな旅。これだけ大きなホテルだと、人々も植物も細かいパートに分かれてそれぞれに機能し、もはや有機的な動きをしている巨大な生き物のような感じがする。

私は朝早くに部屋から一階に降りて行って、下のコーヒースタンドでカフェオレを買い、ホテルのプールサイドや遊歩道を歩きながら飲むのが大好きだった。うるさいくらいの鳥の声を聞き、起きだした陸亀が歩くのを眺めたりしながら、朝が満ちていくときこの世には力も同時に満ちていくのだということを体で感じる。それとつながっている自分にも力が満ちてくる。その感じが好きだった。

船は退屈な速度で、完璧に作られた庭の、それでも今にもはみだしてしまいそうな力のある自然の中を流れてゆき、ロビーの階は待ち合わせの人たちが思い思いに動いていて、向こうに見える外の世界が玄関の形に切り取られたようにまぶしかった。

車寄せには広田さんが立っていて、後ろにはフォードの青い車があった。

「もしかしてまだちょっとおしりが濡れてるかも、レンタカーなのに大丈夫ですか？」

私は言った。

「レンタカーだからこそ、大丈夫だろうと思いますよ。」

広田さんは笑った。

彼の運転はうまく、そして人を乗せているので慎重だった。この人、ひとりで運転したらけっこうめちゃくちゃにスピードを出す人なんじゃないかな、と私は想像した。夕陽が近づいているので気持ちがあせる。西日が燃えるように世界を包み始める。

ビーチのそばの駐車場に車を停めて、シートとタオルだけ持って、このへんでは唯一白い砂のビーチへと向かった。ハワイ島は火山の島なのでたいていの浜はなんとなく全てが黒っぽいカスカスの石でできているのだ。

真っ白い砂と青と激しい波のコントラストが美しかった。空はどんどん深い青へ染まっていく。どこまでも澄んだ水のような色だった。太陽がオレンジ色の丸になって海面に近づいていく。

「きれいだなあ。」

広田さんは言った。

私たちはそのへんにシートを敷いて、なんとなく海に向かって座った。陽がかげって肌寒くなってきたので、タオルにぐるぐるくるまっていた。波音がうるさくて圧倒されるようだった。

「一日の最後のちょっと変わった光に人々の顔が照らされているのを見ると、なんとなく世界の終わりっていう感じがするんだよね。」

広田さんは言った。そういう広田さんの顔も金と銀が混じったようなその光に照らされていた。

「わかるわかる。映画の見過ぎ。」

私は笑った。

「でも、もちろん映画を創った人にもそもそもそういうイメージがあったんでしょうね。」

それからふたりが黙っていた数分のあいだに、太陽はすっかり沈んでいった。最後のオレンジの光が雲に消えるまでじっと見ていた。

そして反対側からは満月が椰子の木の間からすうっと昇ってきていた。

まるで真珠みたいだねと言い合いながら、今度は海に背を向けてしばしお月見をした。

暗くなってきたら、浜は彼岸の世界みたいにしんと不思議な光に満ちてきた。ここからは夜の神様の世界だ、と私は思った。人間がうろうろしないほうがいい時間だ。

「どうしようか、おなか減ってる？　なにか食べにいく？」

広田さんは言った。

「そこそこ減ってますし、私は最後の夜だからせっかくだから、外食しようかな。でもこのかっこうじゃあどこにも行けないし。」

私は言った。水着の上にパレオとTシャツだけじゃあ、どうしようもない。

「じゃあ僕がロビーで待っているから、着替えて来たら。」

広田さんは言った。

「でも十五分くらいかかりますよ。その上ここまで戻ってくるのにまた二十分かもしれないです。」

私は言った。

「そのくらいの時間なんてかわいいものだよ。」

広田さんは笑った。

「女の人は、ほんとうに一時間でも身支度してるからね。おどろくよ。いったいなにをしてるとそんなになるの？」

「わかりません、私はいつも十五分だから。」

私は笑った。

ロビーで待っていてくれようとする、部屋に来て待とうなんて思いもしない、でも女性には慣れている、そんな品の良さがまた私をひきつけた。まずいな、ひきつけられているな、と私は思った。


支度を終えてまたえんえんと歩いてロビーに行った。

広田さんが待っている光景にも慣れた。たった一日しかいっしょにいないのにハワイの不思議ですっかりなじんでいた。まるでずっといっしょに旅行をしてきたようだった。

「何を食べに行こうか考えてたんだけど、コナのフジママズか、ここのカムエラでステーキ食べるか、どっちかだなあ。」

広田さんは言った。

「どっちがいい？」

「ステーキですかね、最後の夜だし。がんばって食べてしまいます。」

私は言った。

「もっといればいいのに。せっかく仲良くなったのに淋しいなあ。」

広田さんは言った。

私もいたいんですけれど、という言葉を飲み込んだ。

このまま居残って、なんだかよくわからない毎日を送りたい。旅に出るといつだってそう思う。でも日常になるといつのまにかルーチンができてくる。人間はそれが大好きだから。朝飲むのはいつも同じところで同じもの、起きる時刻も着る服も、買い物をするお店もだんだんだんだんしぼりこまれてくる。そして旅は日常になり、自分はどんどん自分になっていく、ただそれだけだ。どこにいようがそうなのだ。だからこそ私はこういう意外な一日が好きだ。ほんとうなら今頃まだお父さんも水野さんも春香ちゃんもいただろうと思う。広田さんのことなんて思い出しもしなかっただろう。

「なんであんなところでばったり会ったんでしょうね?」

私は言った。

「当然のことのように会ったよね。」

広田さんは笑った。


ホテルの中のステーキハウスは混んでいて、あまり良い席ではなかったけれど海が見えなくても庭が見えたのでいい感じだった。

「広田さんと初めて会ったわけじゃないのに、いつ会ったのか思い出せないんです。」

私は言った。

「ああ、庭だよ。」

「庭?」

「蓮の観察をしたじゃない、いっしょに。」

「それって……。」

　私ははっと思い出した。

「私が中学生くらいのとき？」

「坂田さんの結婚のパーティでさ。」

　私は思い出した。お父さんと親しい作家さんのパーティで、私がたまたまフルートを吹く係になったことがあり、ＢＧＭ代わりに数曲吹いたときのことだった。

　役目は無事終わり、緊張して疲れた私はお父さんに挨拶をして帰ろうとしたが、お父さんが人と話し込んでいたのであきらめてふらふらと庭に出て、池いちめんの蓮のつぼみを眺めていたのだった。そこに広田さんがやってきて、蓮の話をした。

　これが全部咲いたらすごいだろうなあ、極楽みたいだろうなあ、とまだ若い広田さんが言ったのを覚えている。

「私、そのときに名乗ったんですよね？」

　私は言った。

「そうそう、コホラはくじらという意味なんですって言ってたよ。眼鏡をかけていて、子供みたいでかわいかったなあ。」

広田さんは言った。

「すごく昔のことですよ。あのとき、父と水野さんはまだつきあってなかったから、誰も知り合いがいなくて、広田さんが話しかけてくれて嬉しかったなあ。」

私は言った。

「ぎりぎりで両親もまだ離婚していなかったかも。母はパーティにいなかったけれど。」

あの頃の私にもいろいろなことがあったんだなあ、と私は思った。十五年以上前のことともなると、思い出はひとつのトーンの中に沈んでいた。

「昔、水野さんとつきあったことがあるんだ。」

広田さんはふいに言った。

「えええ?」

私はびっくりして大声を出した。

「ほんとうに一晩だけだったんだけれど、ちょうど今日みたいな感じで道でばったり会って。デンマークの、ロイヤルコペンハーゲンのある角で。」

広田さんは言った。

「どうしてそんないろいろなところで知っている人にばったり会うの?」

私は笑った。

「僕は人を待っていたけどその人が用事で来られないという知らせがあって、その電話を切った瞬間に、もちろんまだ君のお父さんとつきあっていない頃の、若き水野さんが通りかかって、なんていうか、なりゆきで。」

広田さんは言った。

「大人っていやね。」

私は笑った。

「でももう恥ずかしくて会えないよ、だからさっき、君が道を歩いてきたとき、水野さんかと思ってぎょっとしたんだ。」

広田さんは言った。

「口説いてます?」

私は笑った。

「そんなことしたら、もう会えなくなるから、いやだ。せっかく友達を見つけたのに。」

広田さんは言った。

「友達か。少しつまんないけど。」

私は言った。

「君は気づいてる？　君が水野さんに似ているっていうことに。」

広田さんはきっぱりと言った。

「あまり気づいてなかったですね。あんなに静かじゃないし、私。」

私は驚いて答えた。

「見た目が似ているんだよ。仕草とか、ちょっとした表情とか。」

広田さんは言った。

「言われたことない？」

「ないですけれど。」

私は言った。今になって、広田さんと水野さんにそういうことがあったという事実を聞いてしまったことがこみあげてきて、少しショックを受けているかわいい自分を感じた。

「じゃあ、もしかしたらうちのお父さんの心の中にも、いろいろなものがどろどろと混じり合った沼みたいなのがあって、私も水野さんももしかしたら私の実の母も、同じカテゴリーに属しているのかもしれないんですね。」

「みんなそんなものだと思う。人間のエネルギーの全ては基本的には性欲だからね。」

広田さんはさらりと言った。

ステーキはそんなに大きく見えなかったのに、すぐにおなかがいっぱいになり、広田さんの選んだすばらしい赤ワインとともに、少しずつ食べ進んだ。

「でもいつも考えてしまうんだ、こうやって同じ主題が繰り返し現れてくることについて。実は旅先で女性にばったり会って、一夜を共にしたことが僕には何度もある。」

広田さんは言った。

「私は一夜を共にしてませんよ、まだ。」

言っていて顔が赤くなってしまった。

「でも可能性はまだある。」

広田さんは真顔で言った。

「こういうことって、もしかして世に言う願望実現っていうものの仕組みをあばく糸口なんじゃないかなあ、と思ってたまによく考えてみるんだけれど、他の人にどう応用できるのかよくわからないし、僕の生き方のどの部分が糸口になってこんなことがよく起きるのかもまだよくわからない。少なくとも、そんなことをあまりぎらぎらと望んでいないことは確かだけれど、それじゃあ説明にならないし。」

「そんなことって、道でばったり会った、後腐れのない知り合いと、思い切りセックスするってことですか?」

私は笑った。

「それは、ぎらぎらして待っていてもなかなか叶いそうにない夢ですね。広田さんだけかも。その人のまわりには、その人の世界としかいいようのないものが取り巻いていて、きっとそれが濃いほどそういうことが起こりやすいのではないでしょうかね。」

「いや、簡単に言うと君の言うとおりだと思う。それをひとたび意識してしまうと、多分むつかしいことになるんじゃないかな。七夕の短冊に書いて、忘れてしまうのが実現のこつだって、野口整体の野口晴哉《はるちか》が書いていたのを読んだことがある気がするなあ。」

広田さんは笑った。

「でもあたかも願望が実現しているようでいて、実はそれって自分という名前の檻《おり》に閉じ込められているのとあまり変わらないように思うんだけど。」

「そうですか?」

私は言った。

「自分の願望なんて、自分の願望の幅に過ぎないんだから、ちっとも面白くない。」

広田さんは言った。

「じゃあ、いつも意外なことが起きるように願って忘れてしまえばいいんじゃない?」

私は笑った。

「それも予想がつく幅に過ぎないってことにならない?」

広田さんは言った。

「それでも少しずつ振幅が大きくなっていくかも。」

私は言った。

私もそれを考えていたところだった。ルーチンについて。

私が意外と思っていた広田さんの出現も、広田さんの世界の中ではいつものことなのである。だとしたら、もしももっと親しくなっても、広田さんが日常に入ってきたら、たちどころに冷めてしまう自分も予想のうちにある。なんと不自由なのだろう、自分であることとか、自分のくせが出てきてしまうこと、いつのまにかなんでも自分の枠にはまってしまうことっていうのは。

「わかった、常に気まぐれでいればいいのかな。」

私は言った。

「そうしたら今度は、気まぐれっていう枠にはまるんじゃないかな。」

冷静に広田さんは言った。

「深く考えれば考えるほど、人生は不自由でワンパターンですねえ。」

私はため息をついた。

「だから、深く考えずにワインをがんがん飲んで、肉を食べて、今を楽しもうってことか。」

そう言って、広田さんは笑ってウェイターを呼んだ。そしてワインをもう一本注文した。

「すごい、そこにつながる壮大な口説きだったのね、結局。作家なんだなあ。」

私は笑った。

「うーん。」

広田さんは言った。

「まず僕は君の子供の頃を知ってる。それから僕は君のお父さんを知ってる。さらにまずいことに、僕は君のお父さんの恋人と寝たことがある。だから口説きにくい。そしてまずいことに、君はとても頭の回転が速くて、僕は君を水野さんよりも好きになりつつある。」

「まあ。また同じことが起きるだけっていうことですか?」

私は言った。

「違うふうにしたいな、と今は感じているんだけれど、どうしてだか君といると昔のことを思い出すんだ。」

広田さんは言った。

「僕には超能力とかテレパシーとかそういうのはなくって、だからどうしてだか全然わからない。でもずっと忘れていたことがさっきから妙に頭をよぎるんだ。」

「どんなことですか?」

私はたずねた。

「ええと、小樽のこと。」

広田さんは言った。

「小樽?」

私は少しぞうっとしたが、きっと広田さんがお父さんか水野さんからいつか私の話を聞いていて、それでからかおうとしているというふうに思った。

「小樽に旅行に行ったときのこと。僕は小さいときからひとりでいるのが好きで、だれかがいたらいいってほとんど思ったことがないんだけれど、そのときだけそう思ったんだ。正確に言うと、だれかといてあげたいということだろうか。」

しかし、私の思いに反して、真剣な顔で広田さんは言った。

「よかったら話してみてください。」

私は言った。

「僕がその頃結婚していたのは、ものすごく年上の女性だった。今だったらむりだと思うんだけれど、その当時は傲慢《ごうまん》で、そういうことがどうでもよくって、ただ自分を好いてくれてよくしてくれるから、いっしょにいたんだ。」

広田さんは言った。

「僕はものすごく忙しい両親の元に育って、昼間はずっとお手伝いさんが見ていてくれて、夜もお手伝いさんがお風呂にいれて寝かしつけてくれるような感じだったので、あまりざっくばらんな家族のあり方も知らないし、とにかく両親と趣味が合わなかったし、今も合わないままだ。両親は華やかな人たちで、株とか不動産のことばっかり考えていて、テニスだとかアウトドアが大好きで、パーティも好きで、社交的で、おしゃれも好きで、とにかく僕はそういうところがまるでなくって、本が好きで本だけが友達で育ってきてしまったので、その結婚の関係が異様だっていうことがわからなかったんだね。」

「異様というほど異様ではないですよ。」

私は言った。年上の人に好かれて結婚する男性は最近とても多いからだ。

「楽しみが全くなかったのに？」

広田さんは笑った。

「だれかと住んでみたかったのかもしれないなあ。淋しいとは思っていなかったけれど。」

「今はもう気づいているのだから、いいんじゃないかなあ。」

私は言った。

「僕と別れたあと彼女は病気になって亡くなり、看取ったのも僕だったんだけれどね。」

広田さんは言った。

言葉は少なかったけれど、とても重い過去だと感じた。軽々しく何かを言うことはできなかった。

「それで、小樽にはその人といっしょに旅行にいらしたんですね？」

私は言った。

「そう……。そして、あるお店に入ったんだ。駅からそんなに離れていなくて、ガイドブックによく載っている、丼ものの店。初め僕は全然悲しくなかった。雪が降っているのが珍しくて嬉しかったし。むしろ楽しいというふうに思っていた。それで注文して、いくら丼かなにかをおいしくいただいて、トイレに立ったんだよ。窓がちょっと開いていて、雪がちらほら入ってきていた。古くて臭い和式のトイレで、でもきちんと掃除されていて、まあ古いお店によくある普通のトイレなんだけれど……。そこで僕は突然に強烈に悲しくなって、涙が出てきたんだ。」

広田さんは言った。

「ありえないような気がするのですが、ほんとうに私、もしかしてそこに行ったことがあるかもしれません。あまりに私の知っているお店にイメージが似ています。しかも私も多分そのトイレで絶望して泣きました。泣くのにふさわしい場所だったんです。とても。何年の何月か、店の名前は何かとか帰国すればわかるので、ほんとうに広田さんのいらしたときに重なっているか、メールでお伝えします。」

私は言った。

「うん、今となっては証拠を求める気持ちもないけれど、知らせてほしいね。まあ、あそこにはそういう感じの古くさい懐かしい感じの店がいっぱいあるし、名前も忘れてしまったから、こちらこそなんとも言えないけれど……僕はそこでだれかが泣いていたことがあるのをどうしてか感じて、その瞬間その人をだれよりも近しく思った。大きな事故とか大きなトラウマでなければ、傷ついてはいけないということはない。そのことに気づいたんだ。その泣いている人に触りたい、抱きしめたいと思った。よりそいたい、手を握りたい、そう思ったんだ。

外にいる奥さんの何倍も近しく思ったんだ。だれかにそういう気持ちを抱いたのは初めてだったと言っても過言ではなかった。

そして僕は自分のこともうんと悲しくなって、両親と仲が悪いわけではないが全く生き方が合わず縁が薄くもはやほとんど会うこともなく、嫌いではないけれど別に愛していない年上のその女性しか家族がいない自分がみじめになって、涙がどんどん出てきた。そうしたら子供のときの自分もみじめに思えてきた。少しでも温かい思い出と言ったら、お手伝いさんと猫のことしか覚えていない自分、いつも子供が触ってはいけないような高価でもろい服を着ていた母には飛びついて甘えることもできなかった自分。だって、飛びつくと僕よりも服のほうをかばうからさ、気分が悪かったんだよね。それでいつでも本といっしょに寝ていた自分の映像が浮かんできた。僕はみじめではない、淋しくもない、愛されていなかったわけでもない。両親は忙しくてその上スキンシップが苦手なだけで、僕を大事に思っていないわけではなかった。それでも、僕は確かに面白くなかったし、その面白くなさをその結婚で持続して生きていこうとしたのは、復讐だったんだ。そんなことは意味がない、もう自分はどこにでも行けるし、これまでと同じように生きなくてもいい。だってもうだれも迎えに来てくれるわけではないんだから、親はもう後ろに置いてきたのだから、もう自分だけは自分をごまかしてはいけない、そう思ったんだ。そして、トイレを出てすぐに、その人に、別れようと言った。とにかくもうどうしようもない、どうすることもできない、別れるしかありえない、そう言った。」

「そのときしか言い出せなかったんですね、きっと。」

「死ぬ直前まで、あのときトイレでなにがあったの？　幽霊でも見たの？　って聞かれ続けたよ。ある意味ではそうだったのかもしれないんだけれど。」

広田さんはちょっと笑った。

「今となっては、みんないい思い出になってしまったけれど。あの人と結婚してよかったな、と思うんだ。自分が人とした、そして人にしてあげられた、これまででいちばんよかったことになってしまったし、多分これからもそうなんだろうと思うから。愛してなかったから結婚はやめたけれど、あんなに親しくその後も過ごせたなんて信じられないんだ。きっと相手が僕といっしょにいるために、超越的に無理をしていたんだろうなって、わかるんだ。それでもいっしょにいて、人といることのほのかな温かさを僕はそれからもずっと学んだ。そんなにうまくいっていても、彼女がもう一度結婚という形を望んでいるのがわかっていても、僕にはそれだけはもうできなかった。何回か泣いて説得されてもういいかな、自分がこんなに人に求められることなんてもうないだろうからなって思いかけるといつだって、あのトイレの中でだれか知らない女性が、身をよじるようにひとりで泣いている映像が僕の頭に勝手に浮かんできて、そして消えることがなかった。それが僕の結婚になんの関係があるかもわからなかった。でもなにか深いところで同じようなことが、つまり自分の感情をずさんに扱い、魂を殺すというたぐいのことが、全然違う世界のその人を泣かせている、そういうふうに思ったんだ。」

広田さんは言った。

「それは君だったんだろうか。ここでばったり会って、あれが君だとわかる、そんなことがあるんだろうか。」

「もしかしてあるのかも、と思います。私、さっきどうしてかあの小樽の店のトイレのことを、突然思い出したの。」

私は言った。

「親の愛のない結婚で私が不幸になったとか、そういうことではなくって、人が人の感情やら魂やらをずさんに扱うとき、どこかにしわよせがいつかくるという話なんだと思うんです。私もそのとき、自分の感情をとてもずさんに扱っていたんです。」

恋のような高揚した気持ちはすっかり消え去り、違う状況で違う人間が、全く同じあるみじめさを味わったという事実だけが心に満ちていた。そのみじめさは大したことではないのだが、抜けない棘のように人生にささるたぐいのもの。まわりの人はみんな忘れてもどうしてか本人は忘れられない、そういうもの。そしてそれをあの魚臭いトイレで偶然に広田さんと私だけが共有してしまったということ。

不思議だがありうることのように思えた。

ハワイ島で昔おそろしいことがあった場所に行くと、ふっと血の匂いがする。そんなこととほとんど同じで、ある種の感受性がある人たちにはそれはまるで手に取るようにわかるものだ。そしてそれを人と直接に分かち合うことはあまりできない。

「別に救われたいわけでもないし、目標があるわけではないんだけれど。」

広田さんは言った。

「それでもなぜだか心の中に穴があくものなんだよ。」

「私も、別に両親を恨んでいないのです。特に母親は、とても強い人で『女』という感じの生き方で、私には少しもわからない、ただそれだけで、私をうとんでいたわけでもなくって、今も会えば仲がいいのですが、私の望んでいた形の繊細さを少しも持っていなかったんです。今となってはないものを見せろという私が幼かったんですけれど。でも、子供にとって、目の前で親たちの関係が日に日にだめになっていくのを見続けてきたのが、きっとたまっていたのですね。思春期って、なんでも話し合えばわかったり、きれいな解決があるっていうふうに思ってしまうから、きっと私は母と小樽で話し合えると思っていたんですね。でも母は離婚で疲れたし、おいしいものを食べてボーイフレンドと娘といっぺんに過ごせるしいいなって、本気でそれだけ思っていたんです。」

私は笑った。

「話を聞くと魅力的な女性だよね。」

広田さんは言った。

「今の私だったら、そういうさっぱりした母の性格が嬉しいし頼もしいけれど、そのときはそれまでのうっぷんがたまっていたし、感傷的なお年頃でしたからね。」

私は言った。しゃべっているうちに気持ちがますます明るくなっていった。

「僕もそうだよ。今思うと、亡くなった元奥さんはとんでもないよね。僕の、自分でも気づかなかった感情のまずしさ、みじめさにつけこんで年下の僕をものにするなんてさ。」

広田さんは笑った。

「でも憎んでない、お互いに得たものがあって、最後はそこなんだよね。その人を嫌いでなくって、愛情が残っているんだから。干した洗濯物におひさまの匂いがするみたいに、いい匂いだけが残ったんだから。長くいてなじんだ関係の良さっていうかね。わからないけれどね、人間を信じてるわけではないから。相手はどこかで恨んでいるまま死んだかもしれないからね。ひとつほじくったら、底知れない嫉妬と邪心がうずまいているのが人間だし、いつも自分のことをほんの少しよく見せるものだし。でも、そんなこと言い出したらきりがないからね。」

「だからだれとも距離を置くんでしょうね。」

私は言った。

「その距離から見たら、美しく見える、そこにとどまってしまうんでしょうね。まあ相手が人間だから、そううまくはいかず、必ず破綻しますけれどね。」

もうお店にはだれも残っていなくて、てきぱきとして感じのよい店の人たちが少しずつ後片付けを始めている音が厨房から聞こえてきた。

半分ずつ食べようと頼んだデザートのチョコレートケーキもおおかた食べ終わっていた。まるで砂で山をつくって棒倒しをしているみたいに、真ん中のほんのちょっとした部分がお皿の上にかわいらしく残っていた。

「おかしなほうへ話が行ってしまった。お茶でも飲みに行く?」

広田さんは言った。

「そうですね、ここはもう終わりみたいだから。」

空っぽのコーヒーカップを見て私は言った。

「ラウンジはあいてるでしょう。ただ、運転大丈夫ですか?」

私は言った。

「あのくらいのワインだったら、これからコーヒーを飲めば大丈夫だよ。」

広田さんは言い、そして笑った。

「飲んだから帰れないって言い出すかと心配だった?」

「帰れないのは全然いいんです。でもこんな話のあとではね、とても。」

私は言った。

「ロマンチックな気持ちにはなりにくいですよね。でも私の部屋でお茶を飲んでもいいですよ。」

「君とふたりきりになったらおしまいだ。もうほんとうにおしまいなんだ。あまりにも決定的すぎる。」

広田さんは笑って言った。

それを聞いた私は、どんな愛の告白をされたよりも切ない気持ちになった。

「じゃあ、ただ単に部屋でコーヒーを飲んで、ちゃんと帰ってください。」

私は言った。

「僕にそんな自制心があると思う?」

広田さんは言った。

「自制心がありすぎる人の人生です、さっきから聞いていると。」

私は笑った。ロビーの吹き抜けにはたまに足音が響くだけで、とても静かだった。至る所にでたらめな感じで、いろいろな民芸品が並んでいた。ホテルの中を走る船も電車も今はまばらで、たまに風が大きくホテルの広大な庭の枝をゆらす音が激しく響いた。

いっしょにいたいなあ、と私は思った。

この十年間くらいで一度もなかったくらい、心が静かで、緊張していなかった。

ここがハワイでなかったら?

多分無理だろう。

日本で会ったら、きっと少しだけ違ってしまうだろう。水着でばたばた走ったり、砂の上にいきなり座ったり、そんなすてきなことが気持ちをどんどんゆるませていったのがわかった。

満月はまだ天頂近くにあった。ホテルの吹き抜けから見上げるとその白い光の線が降ってくるようだった。降り注いで、夜の勢いを育んでいるみたいに見えた。

「じゃあ、寄らせてもらいます。」

広田さんは言った。

私たちは部屋までゆっくりと歩いた。エレベーターまで、そして私の部屋がある階のだれもいない回廊のような廊下を、静かに猫のように歩いた。時間の波を壊さないように、満月の力を消さないように。たくさんのドアが並んでいる魔法のような景色の間をすり抜けて行った。

どうしてだかわからないが、私たちは思っていた。きっと同じように思っていた。

「ああ、きっとこれが最後なんだなあ、いっしょに過ごせるのは。」

言葉にしたら、こういう感じだった。

まだそんなに親しくないから、悲しくはなかった。ただ時間が貴重な感じがして、私はことさらにゆっくりとおいしくコーヒーをいれた。

「あのとき、ずっと前に起きた小樽でのできごとが、きっと、このできごとを呼んだんだと思うんだ。」

広田さんは床に座って、ベッドにもたれかかった姿勢で言った。

「でもそれも僕が、いろんなことはそういうふうにつながっていると思う人生だからなんだろうなあ。自分の枠から出ていないなあ。」

「広田さんがこの状況を呼んだってことですか？　いずれにしてもこれだけ変わったことがあったらけっこう広い、うらやましい枠ですよ！」

窓辺のソファでコーヒーを飲みながら、私は笑った。

薄暗い部屋の中に、月の光がしみてくるようだった。窓の隙間から入ってきそうだ。

「そこがわからないんだよね、自分がそうしているのか、君もいっしょにそうしたのか、それとももっと大きい流れがあって、その中では自分たちもちっぽけなのか。」

「そういう考え方があるから、広田さんのとてもむつかしい小説が成り立っているということがわかりました。」

私は言った。

「でも、なんかわかる気がします。」

「通じ合ったものは、そのままでは終わらないっていうだけかな。」

広田さんは言った。

「きっと指紋みたいにべったりと、なにかが残って、決して消えないんだろうな。」

それはなんとなくわかる気がした。

私はあの頃、まだ幼くて他力本願で、自分で運命を開くことができるなんて全く思っていないし、実際親に養われていたし、その親がなんだか頼りにならなくてばらばらになっていくその瞬間に、あのトイレで、心の中で大きな声で叫んでいたのだ。

だれか助けて！　私を助けて！　今のこのいやな時間から連れ出して！

そしてその叫びをみんなトイレに置いて、なに食わぬ顔でお母さんたちの席へ戻ったのだ。その後泣いたけれど、いちばん悲しかったのはあのトイレでの私だった。だれにも見せなかったみじめな私だった。

この世にタイムマシンはないのだけれど、私の叫びをその後に少し間を置いてか、その日なのか、とにかく偶然そこに入った広田さんのような敏感な人が感じて、どうにかしてあげたいと心の奥底で思ってしまった、その上自分の本当の気持ちまで悟ってしまった、そういうことは、不思議でもなんでもなく、ある気がする。

ちょうど道で犬を見かけて、目が合ったとたんに噛みそうか友好的かわかるような、そのくらい普通のこととして、人間にはそのくらいの感受性はそなわっていると思う。

だから、神様のようなものが、ちょっとしたごほうびとして私に今回のすてきな旅行と広田さんとのカルマを清算するというチャンスをくれたという考えも、そんなに的外れでも自分中心に考えすぎているわけでもないように思った。

「ごちそうさま、帰ろうかな。」

広田さんは立ち上がった。そして少し恥ずかしそうに言った。

「なんかさ、もしかして、今、僕たちに何もなければ、また会える、そんな気がしない？」

「実は、私もそう思っていたんです。」

私は言った。

「気が合いすぎると理屈抜きで発展しにくいね！」

広田さんは笑った。

「少なくとも、水野さんのときみたいに獣にはなれないなあ。」

それを聞いたとき、お父さんと何をしていようと全く気になったことのない水野さんに対して私は、ほんの一瞬だったが激しい嫉妬を感じた。まずい、本気になってきている。

「今、広田さんには決まったガールフレンドはいないんですか？」

私は言った。よくそういう人に遊びで狙われる私の日常を思って、一応聞いてみた。

「いなくはないけれど、すごい距離があるし、しょっちゅう会う人はいない。君は？」

広田さんは言った。

「今はいません。」

私は言った。

「いたら、親と親の彼女とその娘と旅行に来ないよね。」

広田さんは笑った。

「失礼ね、でも、私は明日の朝に、寝ぼけて疲れた感じで空港に行く私を見せるのがいやだな。」

「僕はそれは気にならないけど、今日の満月のまま別れたい気がする。でも、どうしてこうやって予測しちゃうんだろうね。」

広田さんは言った。

「歳をとって経験を重ねたからですよ。蓮を見ていた若い幼いふたりとはもう違うんです。」

私は笑った。

立ち上がった広田さんは、また座って、そして言った。

「朝、空港まで、送って行くよ。」

「送ってくれるの?」

私は言った。

「今日は何もなく、普通に過ごそうよ。緊張するし、なんか。」

広田さんは言った。

「そうしましょうか。」

私は言った。

「運命の裏をかきつづけるんだ。」

広田さんは笑った。

「ビール飲もうかな、そうとなったら。」

その会話をしたあと、なにかがすとんと正しくどこかにはまったような感じがして、すうっと落ち着いた気持ちになった。

広田さんがビールを飲んで紫色のポテトチップスを食べているあいだ、私はこつこつと荷造りをした。ああ、これ、いい感じだなと思った。私は洗濯物や水着や化粧品やみやげものをこつこつとスーツケースに入れ、明日朝着るものをそろえたりして、ふと見上げると広田さんの顔がTVの明かりに照らされている。とても落ち着いた明るい気持ちだった。

途中で、

「ちょっと失礼。」

と広田さんが私とスーツケースと広がった荷物の間をまたぎこえ、トイレに行って出てきて、

「今シャワー借りてもいい?」

と言った。私はどうぞどうぞ、と言い、また荷物をつめた。

しばらくすると広田さんはTシャツとトランクスとバスローブで出てきて、髪の毛が濡れたままでツインベッドの一方、昨日までお父さんが寝ていたところに静かに横になって、すうすうと寝てしまったので、私は冷房を切って毛布をかけてあげた。

そして自分もシャワーを浴び、目覚ましを七時にセットして、電気を消してすとんと眠りに落ちてしまった。

だいたいそれだけのことしか起こらなかった。

しんしんと光が降る満月の夜、イルカが窓の外のプールできゃあきゃあ騒いでいる夜だった。

だいたい、というのはちょっとだけなにかがあったということだ。でも大したことでは

ない。

夜明けに鳥の声で一回だけ目が覚めたときに、私はとなりに広田さんが寝ているのでぎょっとして一瞬いろんなことを忘れてしまった。ああ、そうか、広田さんが泊まっていって、送ってくれるんだった。夜明けの青に染まっている広田さんの閉じたまぶたや固そうな筋肉を見ていたら、ああ、きっとこの人にはまた会えるなと思った。寝ぼけながらそう確信したのだった。

広田さんの手が顔のわきに投げ出されていたので、私はその手にもう一度触ってみたくなり、そっと手を握ってみた。

広田さんがふっと細目をあけて、にっこりと微笑んだ。

どちらからともなく私たちはぎゅっと近づいた。広田さんのTシャツは磯の香りとあたたまった人間の匂いが混じった匂いがした。疲れて眠ってあたたかくなった人間がぎゅっと寄り添うと、それ以上に自然なことはないような気がした。そして私も広田さんも何もせずにまた寝てしまった。ものすごく眠かったのだ。

目覚ましが鳴って、まだ外が薄暗い中支度をして、下の売店でカフェオレを買って、ふたりは車に乗った。朝のカフェオレは私のここでの幸福なルーチンだったが、最後の朝となると感慨深く、巨大な売り子さんさえ愛おしく美しく見えた。今度ここに来たら、毎日コーヒーをいれてくれた彼女はもういないのだろう、と思った。

「まだ眠いでしょう？　運転大丈夫ですか？」

私が言うと、

「意外にぐっすり眠れたから。あんなに深く眠ったのは十年ぶりくらいかも。」

と広田さんは笑顔で言った。

思ったよりもずっと冴えていてすてきな朝だった。

やがてすっかり夜があけ、とても広いハワイ島の大地を、太陽がふんだんに照らしはじめた。観光客が自分の名前やら恋人の名前を白い石で黒い大地に記しているのをぼんやりと眺めていた。低く茂る緑が光に包まれて輝いて見えた。遠くの山々の連なりも朝の光で生まれ変わるような輝きを見せていた。私はコーヒーを飲みながら、広田さんの隣でじっとその景色を見ていた。美しい縞模様を雲の影が大地に描いていた。

空港で私の荷物をさっと降ろし、広田さんは、

「ばったり会うんじゃなくても、帰ったら電話してもいいかな。」

と言った。

「気長に待ってます。私も小樽のこと、メールをします。」

私は言った。でも多分、そう遠くなく会うだろうとお互いに思っていた。

私たちは握手して別れた。握手した手をもう一回ぎゅっと握ったのが、昨日の握手と違うところだった。もう私の頬《ほほ》は彼の肩の尖った感触を知っていた。


そして私の中から小樽の悲しみがすっかり消えていた。

そのことに私は空港でチェックインして、寝ぼけながら屋外にある売店で買い物をしているときに気づいたのだ。空はすかっと青くなり、ぎらぎらした光は今日もくらっとするほど熱くハワイ島を照らしていた。

あのときトイレで、だれかが私を見守っていてくれた、だから悲しくなかったんだ、いつのまにかそういう気がしてきていたのだった。それは直接的に広田さんなのではなく、もしかして現在の私が過去の私の肩を抱いたのかもしれないし、広田さんに私の悲しみを伝えた何か大きな存在なのかもしれなかった。

あのときの悲しい気持ちだけは一生消えないだろうな、と思っていたのに、消えたのだった。時間旅行をしたわけでもないのに、過去が変わったのだ。

こんなことがあるなんて思わなかったな、とつぶやきながら広田さんのことを思うと、私の中に不思議なエネルギーが満ちているのを感じた。薄明るくて白くとても静かで柔らかい澄んだ泉のようなエネルギーがこんこんとわいてきていた。

そして思い出すのはどうしてか、昨日の夜、夕陽がすっと消えた後に昇ってきた満月の砂浜で月の光に照らされて空を見上げるふたりの姿だった。抱き合ってもいない、キスもしない、手もつないでいない、世界の終わりの話以外はほとんどしゃべってもいないのに。ふたりはものすごく密で、顔は子供のように輝いていて、しあわせだった。

ああ、月の光の魔法だったのかもしれない、と思った。

いつとけるともしれない魔法は、そんなふうにいつのまにかけられ、毎日私たちを優しく抱いているのだ。

波

——あとがきとして

私がワイキキのビーチで座っていると、向こうからサンディーが歩いてきた。深刻な顔で、すたすたと、それでもドレスのすそはゆったりと風にゆらして。まるで海も世界も美しい彼女の舞台であるかのようだった。

私の耳元のヘッドフォンからはちょうど彼女の歌う「波」という歌が流れていた。

彼女の亡くなった友達が歌っていたその歌を彼女がステージで踊ったとき、最後のキメのところでブレスレットがぷちっと切れた。それを見た私は鳥肌がたった。ああ、天国から彼が喜びを知らせたのだ、そう感じたのだった。

彼女にはそういう特別ななにかがある。天界と地上をつなぐためにおりてきた天使のように無垢《むく》な輝き。

なんて美しいタイミング、どうかもう少し、サンディーよ、私に気づかないで、もう少し見ていたいから、まぶしい太陽の光に目を細めながら、私はそう願った。

いくつになっても少女みたいで、少し自信なさげで、かわいくて、きらきらしていて、夢みたいな瞳をしていて、美しい声でさえずる私の憧れの歌う小鳥。あなたの歌が流れるとき、世界は最も美しい頂点で止まる。あなたが歩くとき世界はあなたの裸足の足になでられて猫のようにごろごろいっている。

しかし、サンディーはすぐに私に気づいてしまった。

美しくひそめられた深刻な眉は、少女の笑顔にぱっと変わった。雲間から光が射すように、彼女は私に微笑みかけた。

「ばななちゃん、ハワイの小説書いているの？　うまく書けてる？」

「いいえ、ちっともうまくは書けていません。ハワイは深すぎて。」

私は答えた。

「でもなんとか書いています。」

「そう、がんばってね、楽しみにしているし、きっとできるから。できることがあったら、どうかなんでも言ってね。」

サンディーは言った。

「あと、レッスンにはあまり遅刻しないでね、これ以上ベーシックステップができないと、見てていたたまれないから。」

そしてあはは、と笑った。

きっといっぱい悲しいことがあったその人生、これからもいろいろあるかもしれない。でもあなたは世界に愛されています、私は心の中でそう言った。

「じゃあ、行くわね。また東京で。」

サンディーは言った。

「私の愛するクム、どうして世界はこんなにきれいなのに、なんだか悲しいんでしょう?」

私はたずねた。波音が静かに寄せている浜辺で。きらきらと光る雲が青い空に美しい模様を描き、ワイキキのビル群を彩っているその場所で。

「それはね、ばななちゃん、逆よ。」

サンディーは言った。

「きっとね、悲しいからきれいなのよ。きれいだから続けていくのよ。」

そして、バイバイと手を振って、来たときみたいに去って行った。踊るような足取りで。世界は彼女にとって踊り歌うための舞台なのだろう。

私はまたヘッドフォンをつけた。

そのたぐいまれなる美しい声でまだ名曲「波」は続いていた。

——波は汚れて黒くなってもいいのさ　この世がくちても終わりはしない　生きているなら何か話しておくれよ〜お前には〜このおれが〜見えないのかね——

私は目を細めて沖を見た。さてもうすぐ夕焼けだ、それを見たら、家族のもとへ戻ろう。また美しく悲しい魔法の中に戻って行こう。


取材を含め、これだけ書くのに五年かかった。入魂の小説集です。

主人公たちがとても若いこともあり、一人称の文章はいつもよりいっそう稚拙です。それでも、自分で言うのもなんですが、この本の中にはなにかがあります。このなにかを体得するためだけに、五年かけたのだと思う。

「スティッキー・ミュージック」を初めて聴いた大学一年生のとき、私は震えるほど感動して涙が出てきた。この世にこんなすばらしい声の人間がいるはずがない、そう思った。あの気持ち、ほんとうに親しい男女が心からくつろいで共にベッドにいるときの感じを、歌詞だけではなく、曲だけでもなく、声が表していた。私には、彼女がイメージしている部屋の照明の明るさまで伝わってきた。

美しい彼女の名前はサンディー。

それからずっとサンディーのファンとしてCDが出るたびに買っていた私は、あるときタヒチへ行った。タヒチはとても不思議なところだった。私はもっと知りたくなった。ここに住んでいた人たちが目指した楽園、レムリア大陸があったと言われるところ、ハワイイ。

本気で取り組んでいこうと決めたとき、どうしてだか「じゃあフラを踊らなくちゃ」と思った。近所のフラのハラウを見学に行って、私は失望した。先生は上手だったし、スタジオもぴかぴかだし、先生の先生はハワイ人で申し分ないはず。しかしそこにはなにもなかった。ハワイのハの字も感じられなかった。みんなうわさばなしをして、踊って、満足して、お金を払って、発表会を楽しみにしていた。

「フラはやっぱりむりかも、とても耐えられない、あの雰囲気。」とその日私は友達と電話でしゃべりながらふと言った。

友達は言った。

「サンディーもフラスタジオを始めたみたいだよ。」

もしもサンディーが目の前にいたら、私は緊張して発狂してしまうと思って尻込みした。しかし、もうひとりの自分が行け！　と言った。運命の瞬間だった。

結果的に私はそれから五年間も私の大切なクム、サンディーのところで習っている。その間にハワイで子供もさずかった。行くたびにハワイは私をひきつけるし、ハワイと私が愛を深めているのを感じる。私がハワイに行くとき、いつもサンディーの奇跡の歌声が頭の中に流れている。私を守るように、そして美しさと調和を心に留めておけるように。

私はクムから踊りだけを習っているのではない、踊りだけだったらいちばんはじめに見学したところだって、遜色《そんしょく》なく踊れるようになったはずだ。私が習ったのはもっと大きいことだった。クムが自分の人生で得たものを私たちに愛を込めてシェアしてくれると、それがもっと大きな波になって、みんなの人生をひたしていく、そのことだと思う。

だから私はこの本をクムに捧げます。ありがとうサンディー先生。

そして私の優しいプナヘレ先生小田島久里子さん、どんなつらいときでもあなたがひと踊りすると私は大丈夫になります。

じゅんちゃん、のんちゃん、りかちゃん、あっちゃん、ちはるちゃん、ようこちゃん……そしていつもへたくそな私を助けていっしょに踊ってくださっている、同じハラウの大切なフラシスターズのみなさん、今は他のハラウに行ってしまったけれどいつも優しいあやちゃんや和田ちゃんやしほちゃんや慶子さん……そしていつも根気よく私に踊りを教えて下さるマヘアラニあゆちゃん、ちびしお先生、カオリンさん、ミーさん……その他全ての美しいインストラクターのみなさん。どれだけたくさんのものをみなさんからいただいたかわかりません。

いつまでもみんなで踊っていたいけど、人生には限りがあって、いつまでもはいっしょにいられない。だから、せめていっしょにいるあいだ、クムも含めてみんなで共に花でありたいです。


無償の愛情で何回もハワイ取材につきあってずっと運転してくださった幻冬舎の石原正康さん、何回もいっしょにピンチを切り抜けたばなな事務所のスタッフたち、退職されたけれどハワイ取材に尽力してくれた加藤久美子さん、この小説を常に全力で支えてくださった長井杏沙さん、当日の朝「出張来れない?」と言ったらほんとうにハワイまで来てくれた前田隆紀くん、いつもうちの子供と優しく遊んでくれる金島陽子さん、そしてハワイ島で体をはってどこまでも親切に案内をしてくれた潮千穂さん、カートさん、フクちゃん、ジンさん、ほんとうにありがとうございました。

そしてパスポートを忘れながらもなんとかしてやってきて、短い時間だけれど最高の時間をいっしょに過ごした原マスミさん、すばらしい絵をありがとう!

さらにはいつも信じられないくらいかっこいいデザインをして下さる、本人もかっこいい鈴木成一さんにも感謝しています。

いつもよりもいっそう身内っぽいあとがきで申し訳ありませんが、この本にはそれだけの時間と大勢の力が入っています。私がこの人たちとの出会いに支えられたように、読者のみなさんにもすばらしいことがたくさん待っていますように。

みなさんに愛の魔法を　よしもとばなな

著者紹介　よしもとばなな

一九六四年東京都生まれ。日本大学芸術学部文芸学科卒業。八七年、「キッチン」で海燕新人文学賞受賞。主要作品『TUGUMI』『アムリタ』『マリカの永い夜／バリ夢日記』『SLY』『アルゼンチンババア』『王国』『みずうみ』『イルカ』など。『不倫と南米』では二〇〇〇年ドゥマゴ文学賞を受賞。アメリカ、ヨーロッパなど海外での評価も高まっている。最近作は『チエちゃんと私』。

本書は書き下ろしです。
原稿枚数三〇八枚（四〇〇字詰め）。

まぼろしハワイ

二〇〇七年九月三〇日　第一刷発行

著者　よしもとばなな
発行者　見城徹
発行所　株式会社　幻冬舎
〒一五一-〇〇五一東京都渋谷区千駄ヶ谷四-九-七
電話　編集〇三(五四一一)六二一一
営業　〇三(五四一一)六二二二
振替　〇〇一二〇-八-七六七六四三
印刷・製本所　中央精版印刷株式会社

ISBN978-4-344-01385-8　C0093
幻冬舎ホームページアドレス　http://www.gentosha.co.jp/
この本に関するご意見・ご感想をメールでお寄せいただく場合は、comment@gentosha.co.jpまで。